小学館文庫

鴨川食堂しあわせ

柏井 壽

小学館

目次

鴨川食堂しあわせ

第一話　焼鳥

1

東海道新幹線のぞみ号を下車し、JR京都駅十一番ホームに降り立った白浜木綿子(しらはまゆうこ)は、左右をぐるりと見わたし、小さなため息をもらした。

エスカレーターもエレベーターもはるか遠くにしかないようだ。肩をすくめた木綿子は、大きなキャリーバッグを両手で抱え、ゆがんだ顔を足元に向けながら、一段ずつ慎重に階段を降りていった。

やっとの思いでコンコースに降り立つと、ホッとしたように顔を緩め、オリーブ色のワンピースをふわりと揺らし、ピンクのキャリーバッグを引いて歩きはじめる。

閑散としたコンコースにキャスターの音が響く。そうだ、リゾートへ向かうと思えばいいのだ。そう自分に言い聞かせ、木綿子は子どものころに行った沖縄の海を思い描いた。

夏休みも終わって、お彼岸のころの三連休だったような記憶がある。ちょうど今とおなじような気候で、広島から発(た)つときは涼風が吹いていたが、沖縄に着くとまだ真夏のような暑さだった。朝の海岸を父と散歩していて、海の色はこんなにきれいなのかと、子どもながらに感動したことを、昨日のことのように思いだす。

昨日の夜までは黒いパンツスーツにするつもりだったが、ワンピースに変えてよかった。秋口とは言え、長袖はいくらか暑く感じられるが、淡い色合いが爽やかさを演出してくれる。足取りをさらに軽くした木綿子は、改札口を通って駅の地下通路へと向かった。

まさか食を捜す探偵などいるわけがないと思っていたが、京都という古い都なら、そんな仕事も成立するのかもしれない。そう思い直して心を決めたのだった。

何ひとつ根拠はないが、きっと捜しだしてくれるような予感がする。あのお店が見つかれば必ずうまくいく。そう信じて木綿子は地下通路から地上に出、烏丸七条の交差点に立った。

左手に見える大きなお寺が『東本願寺』だろうから、ここを右に曲がれば目指す食堂があるはずだ。

フィアンセの波川佑二が調べてくれたとおり、正面通の両側には仏壇屋や法衣店が建ち並んでいる。

探偵事務所を併設する食堂は、看板も暖簾もかかっていないが、食べ物屋独特の匂いが漂っているはずだから、それを参考にすればたどり着ける。そう佑二に言われた木綿子は鼻をひくつかせながら、一軒一軒ゆっくりと様子を探りつつ歩を進めた。

視力はあまりよくないが、嗅覚と聴覚には自信がある。当たりを付けたしもた屋の前に立った木綿子は、気持ちを落ち着かせるように深呼吸してから、おもむろに引き戸を引いた。

「こんにちは。どなたかいらっしゃいますか」

敷居をまたぐことなく、首から先だけをなかに入れた。

「おいでやす。お食事ですか？」

黒いパンツに白いシャツ。ソムリエエプロンをつけた若い女性が目に入った。

「いえ。食を捜してくださる探偵さんがいらっしゃると聞いてやってきたのですが」

「そっちのお客さんでしたか。うちが『鴨川探偵事務所』の所長をしている鴨川こいしです」

笑みを向けてこいしがぺこりと頭を下げた。

「やっぱりここで合ってたんですね。広島県の福山から来ました白浜です」

敷居をまたいだ木綿子が礼を返した。

「広島からですか。えらい遠いとこを。どうぞお掛けください。お荷物はそのへんに」

こいしがパイプ椅子を勧めると、木綿子はキャリーバッグを窓際に置き、斜め掛けした小さなショルダーバッグを手にして、赤いビニール張りのパイプ椅子に腰かけた。

「突然ですみません。少し急いでいたものですから」

「ぜんぜんかまへんのですよ。〈料理春秋〉を見て来てくれはったんや思いますけど、連絡先とか書いてしませんしね。お父ちゃんは、縁があったら来てくれはる、て言うてますねんよ」

こいしはダスターでテーブルを念入りに拭いている。

「わたしじゃなくて、彼がその雑誌を見つけてくれて、いろいろ調べてくれたんです」

「やさしい彼氏さんですねぇ。お付き合いは長いんですか」

「佑二さんとは三年間お付き合いをして、来月結婚するんです」

木綿子が頬を紅く染めた。

「おめでとうございます。ひょっとしたら、その佑二さんのために食を捜してはるのと違います？」

こいしが訊いた。

「よくお分かりになりましたね。そのとおりです」

「これでも長いこと探偵やってますし」

こいしが苦笑いした。

「それで捜していただきたいのは……」

早口になった木綿子に、こいしが手のひらを向けた。

「なんぼ急いではる言うても、そないすぐ本題に入らいでもよろしいやん。あとでゆっくり聞かせてもらいますし。それよりおなかのほうはどうです？　ちょっと早いけど、よかったらお昼を食べはりませんか。お父ちゃんのおまかせ料理だけしか出せしませんけど」

「突然なのにいいんですか？　こちらの用が済んだらどこかでお昼を食べようと思っていたんです。朝が早かったので、けっこうおなかは空(す)いているんですよ」

おなかを押さえて、木綿子はこいしに笑顔を向けた。

「こいし、お客さんが来てはるんやったら、そう言わんとあかんがな」

作務衣(さむえ)に袖を通しながら、下駄を鳴らして鴨川流(ながれ)が店の奥から出てきた。

「こんにちは。白浜木綿子と申します。突然お邪魔して申しわけありません。食を捜していただきたくてお伺いしました」

ワンピースの裾を揺らして木綿子が立ちあがった。

「こんな格好ですんまへんな。食堂の主人をしとります、鴨川流です。探偵のほうは娘の担当でっけど、せっかくお越しいただいたんやさかい、お昼などどないです？　ちょっと時間には早(はよ)おすけど、おまかせでしたらお出しできまっせ」

「ありがとうございます。お嬢さまにもお勧めいただいてましたので、お言葉に甘えさせていただきます」

作務衣を整えた流は、藍色の和帽子をかぶった。

木綿子が一礼した。

「ほな用意してきまっさかい、ちょっと待っとぉくれやっしゃ」

流が小走りで奥へと戻っていった。

「頼りなさそうに見えるかもしれんけど、実際に食を捜すのはお父ちゃんなんですよ。お飲みもんはどうしはります？　日本酒もワインも置いてますし、よかったら」

流の背中を見送って、こいしが酒を勧めた。

「お昼間からは気が引けますが、せっかくの京都ですからお酒を少しいただきます」

木綿子はパイプ椅子に腰をおろした。

「ほな伏見のお酒にしますけど、燗はどうしましょ」

「冷酒があったら、そのほうがうれしいんですけど。なんだか喉が渇いてしまって」

「分かりました。お冷やも一緒に持ってきますわ。ちょっとだけ待ってくださいねぇ」

こいしは流のあとを追うように奥へ駆け込んだ。

大学生のときに友人たちと訪れて以来の京都だが、お店で借りた着物を着て嵐山や嵯峨野を歩き回ったことしか覚えていない。

予約しておいた料亭のような店で湯豆腐を食べたが、それほど美味しいとは思わなかった。夜は口コミサイトで人気が高かった居酒屋で食事をしたが、広島のほうが美味しいね、とみんなで言い合ったものだ。

京都は美食の街だと言われても、きっとそれはお金持ちだけが行くような高級店に限ったことなのだろう。

ざっと店のなかを見まわしても、どこにでもあるような食堂にしか見えないのだから、期待はしないほうがいい。グルメという言葉にさほど反応しない木綿子は、ふっと吐息をもらした。

「お待たせしました。『月の桂』の〈すみさけ〉ていう生酒です。よう冷やしてありますよ」

こいしがグリーンの小さなボトルの封を切り、リキュールグラスをテーブルに置いた。

「これくらいだったら飲みきれそうですね」

木綿子がボトルを手に取った。

「残してもろても大丈夫ですけど、もしも足らんかったら言うてください」

こいしが笑みを向けた。

「お酒は好きなんですが、あまり強いほうじゃないので」

木綿子がボトルをかたむけて小さなグラスに注いだ。

「お冷やはここに置いときますね」

こいしは氷水の入ったピッチャーとコップをテーブルの端に置いた。

「お待たせしましたな。〈すみさけ〉は生酒のわりに飲み口がやわらかいんで、すいすいいけまっせ。それによう合うやろう料理をお持ちしました」

流が両手で持つ角盆には、ぎっしりと小皿が並んでいる。

「すごいごちそうですね。食べきれるかしら」

木綿子が大きく目を見開いて、角盆を見まわしている。

「皿数はようけですけど、料理は少しずつでっさかい、ちょうどええ量やと思います。お盆ごと置いときますんで、このままでも、盆から皿を出してもろても、どっちでも好きなようにして食べてください。いちおう料理の説明しときます」

流が大きな角盆を木綿子の前に置いた。

「お願いします」

木綿子は盆に顔を近づけた。

「左上から、鯛の昆布〆の大葉巻き、その横は海老のすり身揚げ、その右が鰆の西京焼きです。鯛にはポン酢のジュレ、海老には抹茶塩、鰆には木の芽のたたいたんが、それぞれ載ってますさかい、そのまま食べてください。鰆の下の小鉢はテールの煮込みです。マスタードをつけて食べてください。その左の丸皿は生麩の田楽、白味噌を載せてますんで、串を持って召しあがってください。中段の左端はアワビを白ワインで蒸してから、軽ぅ炙ったもんです。お好みでワサビを載せてどうぞ。その下は剣先イカの雲丹和え。ちょびっとだけ岩塩を振って召しあがってください。真ん中の織部皿には落ち鮎の幽庵焼きを盛ってます。頭と中骨と尾っぽは外してありますさかい、そのままガブッといってください。右端は穴子の小袖寿司。付け焼きと白焼きを源平にしてます。付け焼きには実山椒、白焼きには梅肉を載せてますんで、お嫌いやなかったらそのまま食べてください。今日の〆はたぬきご飯を用意しとります。ええとこで声掛けてください」

流が和帽子をかぶり直した。

「幽庵焼きってどんな料理なんですか？　源平ってなんですか？　たぬきご飯って、まさかたぬきの肉じゃないですよね？　わたし料理にはうといもので」

木綿子が矢継ぎ早に訊いた。

「幽庵焼きていうのは、醤油と酒、味醂を合わせたとこへ柚子の輪切りを入れて、その調味液に漬けて焼いたもんのことです。源平っちゅうのは、源氏と平家、白と赤の旗になぞらえて、白焼きと焼き色の付いたもんの両方を一緒に盛ったもんを言います。京都でたぬきて言うたら、油揚げを餡かけにしたもんです。きつねうどんを餡かけにしたら、たぬきうどんて言います。幽庵焼きと源平はどこでも言いますやろけど、たぬきは京都独特の言い回しです。ご存じやのうても当然ですわ。ごゆっくりやっとぉくれやす」

笑みを浮かべてから、流は木綿子に背中を向けた。

食堂にひとり残った木綿子は、テーブルの上に置かれた料理を見まわし、頬をゆるめた。

予想していたものと、あまりに違いすぎて笑ってしまうのだ。食通とはほど遠い木綿子でも、目の前に並んでいる料理がどれほど高いレベルかぐらいは分かる。見たこともないが、格付けガイドブックで三ツ星を獲得している店の料理は、きっとこんなふうなのだろう。

なにから箸をつければいいのか。日本料理の決まりがあるかもしれない。しばしためらった木綿子だが、店の佇まいを改めて見まわし、余計な気遣いは無用とばかり、田楽串を指でつまみ、生麩を前歯ではぎとった。

考えてみれば生麩を食べるのは初めてのことだ。すき焼きや味噌汁に入っている麩と違って、むっちりと嚙み応えがある。生麩そのものの味はさほど感じないが、味噌の味が濃厚だ。

箸を手にした木綿子は、鮎の幽庵焼きを口に運んだ。

「美味しい」

思わず声が出たことに木綿子は苦笑いした。

友人と京都旅行をしたとき、食レポの真似をし合って大声で笑ったことを思いだしたのだ。あのときは誰もがありがたがる京料理を揶揄してのことだったが、今は自然と声が出てしまった。

川魚独特の生臭さはまったくなく、小骨も感じない。ほんのりとした柚子の香りがあと口に残り、なんとも爽やかな味わいだ。濃すぎず薄すぎず、味付けも絶妙だ。見た目にも驚かされたが、食べてみるとさらに驚きが増す。どうせ食堂だからと軽く見ていた自分を恥じ、木綿子はワンピースの裾を整えながら座り直し、ぴんと背筋を伸ばした。

大葉に包まれた鯛の昆布〆は、ポン酢のジュレを載せたまま口に運ぶ。生のお造りなのに、昆布の味が染みていて、いい意味で魚らしさを感じさせない。

ひょっとすると、こういうのを京料理と呼ぶのかもしれない。食べ物で感動するのは生まれて初めてのような気がする。

こんなに美味しいものをひとり占めしていいのだろうか。なんとかして、あのひとにも食べさせてあげたい。食べ進めるうち、胸の奥底にある水甕の水面に、さざ波のような波紋が広がっていく。

木綿子は手のひらで胸を押さえ、祈りを込めて小さく名をつぶやいた。

「どないです。お口に合うてますかいな」

流が傍らに立つと、木綿子は慌てて箸を取った。

「はい。まるで食にはうといのですが、そんなわたしでも、このお料理のすごさが分かります。ものを食べて感動したのは生まれて初めてです」

「よろしおした。お酒のほうは足りてますかいな」

流がボトルに目を遣った。

「はい。まだ充分あります」

グラスを捧げもち、頬を紅く染めた木綿子は流に笑みを向けた。

「ご飯の用意もできてまっさかい、ええとこで声を掛けとぉくれやっしゃ」

言い残して、流は奥に戻っていった。

その背中からテーブルの上に目を戻すと、料理は残り少なくなっている。どのあたりで声を掛ければいいのか。京都のひとははっきりものを言わないと聞いたことがある。ということは、今の流の言葉には急かす意味が込められていたのだろうか。

子どものころから、ひとの顔色をうかがいすぎだとよく言われていた。ひとに迷惑を掛けてはいけない、ひとを傷つけてはいけない、とくどいほど父に言われたのが、今も耳に残っている。

急いで残りの料理を食べた木綿子は立ちあがり、奥に向かって声をあげた。

「すみません。ご飯をお願いします」

「承知しました」

間髪をいれずに流が暖簾のあいだから顔を覗かせた。やはり待っていたのだ。木綿子はホッとした顔をして座り込んだ。

きっとこいしはしびれを切らしているのだろう。さっさと食べて探偵の用件に入らねば。

ボトルに残った酒をグラスに注ぎ、木綿子は一気に飲み干して目を白黒させた。

「急かしたみたいになってしもて、えらいすんまへんなんだなぁ」

ふた付きの小さな丼をテーブルに置いて、流が首をすくめた。

「いえ。ちっとも気がつかなくて。お嬢さんを長くお待たせして申しわけありません」

木綿子は食べ終えた盆を端に寄せ、丼を真ん前に置いた。

「汁気の多いご飯ですさかい、汁もんは付けてまへん。番茶を置いときます」

「ありがとうございます。食べ終わったらすぐに」

木綿子はふたを外して、急いでレンゲを手にした。

「葛仕立てで熱ぉすさかい、火傷せんように気ぃつけてくださいや」

空になった皿の隙間にふたを置き、盆を両手で抱えた流は奥へ戻っていった。

とろみのついた出汁餡に刻み揚げが混ざり、白飯を覆っている。天盛りにしてあるのはおろしショウガのようだ。餡がぷくりと泡立っていて、見るからに熱そうだ。

小刻みに息を吹きかけ、慎重に口へ運んだが、冷めるどころか、まだ煮えたぎっているような熱さに木綿子は顔をゆがめた。

丼のなかを何度もかき混ぜ、湯気がおさまったのをたしかめて、木綿子はそっとレンゲを口に入れた。

言ってみれば、油揚げとお出汁とご飯だけ、というシンプル極まりない料理なのに、なぜこんな奥深い味になるのだろう。

たった二十数年ではあるが、これまでの人生で、料理ときちんと向き合ってこなかったことが悔やまれる。甘いだとか辛いだとか、美味しいまずいだけで、料理を判別してきた。もう少し早くこの店の料理に出会っていれば。

思いも掛けない心の動きに、木綿子はここを訪れた目的を忘れそうになった。

「すみません。お願いします」

その動きを断ち切ろうとして、木綿子は大きな声を店の奥に向けた。

「もうよろしいんか？」

流が驚いたように高い声をあげて出てきた。

「お待たせしました」

ハンカチで口元を拭いながら、木綿子は立ちあがった。


奥へと長く続く廊下を、おぼつかない足取りで木綿子が歩いていく。いくらか酔いが回っているせいもあるが、廊下の両側にびっしりと貼られた料理の写真に目をうばわれているからだ。

「これはぜんぶ鴨川さんがお作りになった料理なんですか？」

前を歩く流に木綿子が訊いた。

「なかには記念写真も混ざっとりますけど、ほとんどはわしが作った料理です。レシピが面倒で書き残しまへんので、備忘録っちゅうとこですな」

歩みをゆるめ、流が振り向いて答えた。

「なんでも作れるってすごいですね。こんなおしゃれなケーキまで」

足を止めて木綿子が写真に目を近づけた。

「それは違います。掬子の最後の誕生日にこいしが買うてきよったもんです。ひと口ほども食べられしまへんでしたんで、高ぅつきましたわ」

立ち止まって、流が苦笑いした。

「掬子さんって、こちらのお写真のかたですか？」

だまってうなずいた流は、ゆっくりと歩き出した。

左右の壁を順に見ていると、すぐ流に後れをとってしまう。その都度慌ててあとを追うことを繰り返すうち、突き当たりのドアを流がノックした。

「どうぞ」

すぐさまドアが開き、こいしが顔を覗かせた。

「あとはこいしにまかせますんで」

そう言って流がきびすを返した。

「ありがとうございます」

流とこいしのどちらにともなく言って、木綿子が部屋に入った。

「早速ですけど、こちらに記入してもらえますか。簡単でええので」

向かい合ってソファに腰かけると、こいしはバインダーを木綿子に手わたした。

「遅くなってすみませんでした」

ちょこんと頭を下げ、木綿子はバインダーをひざの上に置いてペンを走らせる。

「コーヒーかお茶か、どっちがよろしい？」

こいしが訊いた。

「じゃあコーヒーをお願いします」

顔をあげて木綿子が答えた。

すらすらと書いていたペンが止まったのは、家族欄のところだ。両親は離婚はしていないが、子どものころから父親とは別居している。どう書くべきなのか。

「書き辛いとこがあったら、飛ばしてもろてもええんですよ」

コーヒーを淹れながら、こいしが言葉をはさんだ。

「いちおう書いておきます」

木綿子は時折り天井を仰ぎながら、最後まで書き終えて、バインダーをローテーブルに置いた。

「お砂糖とミルクは置いときますよって、お好きにどうぞ」

ソーサーに載せたコーヒーカップを、こいしが木綿子の前に差しだした。

「ありがとうございます」

ソーサーを手前に引き寄せ、木綿子がコーヒーカップを手にした。

「白浜木綿子さん。きれいなお名前ですね。なんや女優さんみたいや」

こいしはバインダーの字を目で追っている。

「白浜と名乗ると、海のそばにお住まいですか、ってよく言われるんですけど、福山の山のほうに住んでいるんですよ」

ひと口飲んで、木綿子がコーヒーカップをソーサーに戻した。

「保育士さんなんや。子ども好きなんやろね。それで木綿子さんは、彼氏の佑二さんのために、どんな食を捜してはるんですか？」

こいしがノートを広げ、ペンを取った。

「焼鳥なんです」

「焼鳥かぁ。美味しいですよね。うちも大好き。串を手で持ってかじりついて、もういっぽうの手に生ビールのジョッキ持って、て最高ですやん」

こいしはノートに焼鳥のイラストを描いている。

「それが、串に刺した焼鳥じゃないんです」

「へ？　そんな焼鳥あるんですか？」

大きく目を見開いて、こいしは焼鳥のイラストにバツ印を付けた。

「子どものころに食べたのですが、味はともかく、はっきり覚えているのは、串に刺してなくて、焼鳥がお皿に盛りつけてあったことなんです」

「それは焼鳥て言わへんのと違うかなぁ。鶏の照り焼きと違います？」

イラストを描き足して、こいしがノートを木綿子に向けた。

「そうも思うのですが、父は焼鳥の店に連れて行ってやると言っていましたし、お店の看板にも焼鳥って書いてあった記憶があります」

イラストを見ながら、木綿子は語気を強めた。

「ということは、木綿子さんが彼のために捜してはるのは、お店の焼鳥なんですね。よう覚えてはるみたいやから、そのお店のことを詳しいに教えてもらえますか」

こいしがページを繰って、ノートの綴（と）じ目を手のひらで押さえた。

「わたしが小学六年生のときでした。離れて暮らしていた父親が連れて行ってくれたのは、広島の焼鳥屋さんでした」

「今が二十四歳やから、十二年ほど前の話なんですね。お父さんの俊則（としのり）さんと離れて暮らしてはったていうことは……」

バインダーを横目に見てから、こいしは木綿子の顔を覗き込み、遠慮がちに問いかけた。

「わたしが小学三年生のときに、父親は家を出ていきました。そのままずっと帰ってきません」

ほとんど表情を変えず、うつむいたままで木綿子が答えた。

「ご両親は離婚しはったていうことですか？」

「いえ。籍はそのままですから、別居状態が長く続いているということです」

木綿子が顔をあげた。

「なんで別居してはるのかご存じなんですか？」

「それがよく分からないんです。なにしろ父が出ていったときは、まだ世のなかのことは何も分からない子どもでしたし、いつの間にかそれが当たり前になってしまっていて、正面切って母親に訊ねることができないんです。ときどき切り出してみるのですが、いつもはぐらかされます」

感情を表すことなく、淡々と木綿子が答えた。

「お仕事は何をなさっていたんですか？」

こいしがペンを握り直した。

「母は小学校の教師で、父は人形劇の劇団で座長をしていました」

「失礼な言い方かもしれませんけど、変わった取り合わせですね」

「母が勤めていた小学校へ人形劇の公演で父が訪れて、それが出会いで付き合うようになったと聞きました」

「なるほど。そういう縁やったんですね」

こいしは、ノートに人形劇のイラストを描いている。

「別居の原因は収入の格差だったのではと、おとなになってから思ったりしているのですが」

木綿子はかすかなため息をついた。

「たしかに学校の先生と人形劇の劇団員さんやったら、稼ぎに差がありそうやわ」

「でも、そうだとすれば父がかわいそうですよね」

木綿子が顔をしかめた。

「夫婦ていうか、男女の関係て当人どうしにしか分からへんことがあるんやろね。余計なこと訊いてすんませんでした」

「いいえ。こまかいことも知っておいていただいたほうが、捜していただきやすいでしょうし。ちなみにわたしが佑二さんと知り合ったきっかけも、両親とよく似ているんです。うちの保育園でマジックショーを開いたときに、ボランティアで佑二さんが参加してくれたんです」

「佑二さんていう彼はマジシャンなんですか？」

「いえ。アマチュアです。佑二さんは会社のマジッククラブに入っています。あんまりじょうずじゃないんですよ。園児にトリックを見破られたぐらいですから」

木綿子がくすりと笑った。

「親子て、そんなことも似るんやねぇ。で、話をもとに戻して、どんな焼鳥やったか、覚えてはることを教えてもらえますか」

肩をすくめてから、こいしは新しいページを開いた。

「一年に三、四回、わたしは父とふたりきりで食事をしていました。もちろん母公認です。そのころ父は広島の市内に住んでいたので、駅前だとかお城の近くなんかのお店に連れて行ってくれました。いつも駅まで父が迎えに来てくれて、帰りも駅まで送ってくれましたので、だいたいの場所や店の構えなんかは、かすかに覚えているのですが、詳しくは分かりません。ファミリーレストランや、居酒屋、中華料理屋、食堂とかでしたね。今にして思えば高級なお店は一軒もなかったように思います」

天井に目を遊ばせながら、思いだすようにして木綿子が指を折った。

「そのうちの一軒が焼鳥屋さんやったんですね」

「はい。子どもながらに、すごく美味しかったという記憶があるんです。細かく刻んだ鶏肉が焼いてあって、タレを絡めながら食べました。ざく切りのキャベツに焼鳥を載せて食べると美味しい、と父が教えてくれて、そうして食べると、本当にびっくりするぐらい美味しかった」

木綿子は目を細め、頬をゆるめた。

「キャベツと一緒に、て焼肉みたいですね。焼鳥屋さんでキャベツが出てくるとこて、めずらしいんと違うかなぁ」

こいしが焼肉のイラストを描いているのを見て、木綿子は笑みをゆがめた。

「いくら食べ物にうとい小学生でも、鶏肉と牛肉の違いぐらいは分かりますよ」

「失礼しました。キャベツと一緒にて言うと、つい焼肉を思い浮かべてしまうもんで」

苦笑いしながら、こいしが焼肉のイラストに何本も斜線を入れた。

「そうそう。焼鳥だけじゃなくて唐揚げも食べました。あっさりして美味しかったです」

「よう覚えてはりますやん。十年以上も前のことやのに。焼鳥に唐揚げかぁ。おとなやったらビールをグイッといきたいとこですね」

「父もビールが大好きだったので、大きなジョッキで美味しそうに飲んでいましたね。どうやらそのお店の常連だったようで、お店のご主人や女将さんだけでなく、ほかのお客さんとも愉しそうに話していました。それまで連れて行ってくれた店では、父も緊張して食事していましたが、このお店ではとってもリラックスしていて、なんだか自分の家のようにくつろいでいました」

木綿子は笑顔を丸くした。

「そのお店さえ捜せたら、すぐに分かると思うんですけど、お父さんとは別居したままやから、連絡できひんのですよね？」

「はい」

こいしの問いかけに木綿子が短く答えた。

「広島市内のお店でしたよね。お店の名前とか外観とか、特徴とか、なんでもええので覚えてはることを教えてください」

こいしはペンを持つ手に力を込めた。

「広島駅から……電車に乗って、原爆ドームを通り過ぎた辺りで、電車を降りました」

途切れ途切れながら、たしかめるように木綿子は言葉をつなぎ、宙の一点をまっすぐ見つめている。

「えーっと、ここが広島駅で、これが原爆ドーム、と。通り過ぎた電停、やったらこれかな」

こいしはタブレットの地図アプリを、ペンで順になぞっている。

「たしか川を越えたような気がします」

「川を越えて、次の電停やとすると本川町かな」

「停留所の名前は覚えてません」

「まぁ、ここやと仮定して。ここからは歩きですか？」

「はい。広い通りから細い道に入ってすぐだったと思います。ビルの一階のお店で、赤いテント看板と提灯が出ていました」

「だいぶ場所が絞られてきたなぁ。十二年ほど前やったら、まだお店がある可能性も高いやろし。お店のなかとか外で、ほかになにか覚えてはります？」

「うろ覚えなので、違うかもしれませんが、赤いテントに白い字で〈せんざき〉と書いてあったような気がするんです」

「〈せんざき〉ですか。ひょっとしたらお店の名前かもしれませんね」

こいしは鼻息を荒くしてノートに綴った。

「焼鳥という字とおなじくらい大きく〈せんざき〉と書いてあった、と思うんです」

「これだけヒントがあったら捜しやすいですわ」

こいしは軽やかにページを繰っている。

「だといいのですが」

かすかな吐息をついた木綿子は、こいしと対照的に顔を曇らせている。

「ひとつ訊いてもいいですか？」

「なんでしょう」

こいしの問いかけに木綿子は表情をかたくした。

「別居してはるお父さんとふたりきりでご飯食べるて、どんな気持ちやったんですか？　気まずいこととかありませんでした？」

こいしが上目遣いに訊いた。

「今の歳(とし)になれば、そんなふうな気持ちになったかもしれませんが、その当時は気まずいどころか、父親と接する数少ない機会でしたから、前の日はうきうきして眠れなかったぐらいです。食事を終えて駅まで送ってくれる時間になると、寂しくていつも泣きそうになりました」

「そうでしたか。子どものころやったら、そうなるんやろねぇ」

「あの焼鳥屋さんのあと、父親とは一度も会っていません」

「それで、よう覚えてはるんや。最後になってしもたから」

「そうかもしれません」

木綿子が唇をかたく結んだ。

「その焼鳥が見つかったら、新婚家庭でご主人に食べさせたげよう、ていうわけですね。ええなぁ、仲むつまじい話で」

こいしはノートにハートマークを並べた。

「佑二さんは出張を利用して、あちこちの焼鳥屋さんを食べ歩くぐらい、焼鳥が大好物なんです。自分でも焼鳥通だと自慢しているのですが、この話をしてもそんな焼鳥は聞いたことがないって言うんです。だからきっと、食べさせてあげたら喜んでくれるだろうと思って」

木綿子はうつむいたまま、小さな声で言った。

「男のひとて焼鳥好きですね。うちの友だちも寿司屋やってるのに、なんや言うたら焼鳥屋さんへ行きたがらはるんですわ」

こいしはノートに焼鳥のイラストを描いている。

「お寿司屋さんのお友だちって恋人なんですか？」

「浩さんはただの男友だちです。結婚なんて、うちには遠い夢のような話ですわ」

うらやましげな顔つきで肩をすくめたこいしが、音を立ててノートを閉じた。

ふたりが食堂に戻ると、カウンター席に座る流は居眠りをしていた。

「お父ちゃん」

「びっくりしたぁ」

こいしに肩をたたかれた流は、いきおいよく立ちあがった。

「ちゃんとお話を聞いていただきました。捜していただけるとうれしいです。どうぞよろしくお願いします」

くすりと笑って、木綿子が頭を下げた。

「どんなもんでも、全力で捜しまっさかい、愉しみにしとってください」

寝ぼけまなこをこすりながら、流が胸を張ってみせた。

「そんな寝ぼけ顔してたら、木綿子さんが頼りのう思わはるやんか。しっかり目ぇ覚ましてせいだい気張ってや」

こいしに背中をたたかれ、流が大げさに顔をしかめると、木綿子がくすりと笑った。

「いいお知らせが届くのをお待ちしています」

「だいたい二週間ぐらいで捜してきまっさかい、そのころに連絡させてもらいます」

流がゆがんだ笑顔を木綿子に向けた。

「そうそう。探偵料と今日のお食事代を」

木綿子がショルダーバッグから財布を取りだした。

「うちは後払いになってますし、今日のところは大丈夫ですよ。見つかったら連絡しますし、ラインのアカウントを」

スマートフォンでやり取りし、こいしは木綿子にキャリーバッグをわたした。

「ありがとうございます」

礼を述べて木綿子が店の外に出た。

「これからお帰りでっか」

送りに出て流が訊いた。

「せっかくですから、一泊して京都観光をしようと思っています。気ままなひとり旅もこれで最後になるでしょうから」

「よろしいな。コロナのせいで京都も空いとりまっさかい、ええチャンスですわ」

「お気をつけて」

こいしが流の隣に立った。

木綿子が去っていくのをたしかめて、ふたりは食堂に戻った。

「何を捜してはるんや」

流が訊くと、こいしはカウンターにノートを広げる。

「変わった焼鳥やねん。串に刺してないらしい」

「ふーん。どこぞの店のか？」

流がノートのページを繰った。

「広島の、この辺のお店らしいんよ」

こいしはタブレットの地図アプリを開いて指でスワイプした。

「それやったら、すぐに見つかるやろ」

流が立ちあがった。

「えらい自信あるんやね」

こいしは疑り深い視線を流の背中に向けた。

2

わずか二週間のあいだに、ずいぶんと季節は進んだ。JR京都駅に降り立つと、薄手のコート一枚では肌寒いくらいだ。

コートの襟を立て、木綿子は慣れた足取りで『鴨川食堂』へと急いだ。

三日前にこいしから連絡があったときは、胸の高鳴りを抑えることもできずにいたが、時間の経過とともに冷静さを取り戻すと、気がかりだった心配ごとが、頭をもたげはじめた。

それでも『東本願寺』の大きな伽藍(がらん)を見上げると、期待と不安の綱引きは勝負がついたような気になる。

正面通を早足で歩くと、芳ばしい香りを漂わせる『鴨川食堂』が手招きした。

「こんにちは」

脱いだコートを腕に掛けて、木綿子は店の引き戸を引いた。

「おこしやす。ようこそ」

作務衣姿の流が和帽子を取って木綿子を出迎えた。

「ご連絡ありがとうございます。愉しみにしてまいりました」

黒いパンツスーツ姿の木綿子が頭を下げた。

「すぐに用意しまっさかい、ちょこっとだけ待っとぉくれやっしゃ」

厨房に駆け込んだ流と入れ違いに、こいしが急須を持って出てきた。

「ようこそ、おこしやす」

「こんにちは。お電話ありがとうございました」

木綿子は緊張した面持ちで、こいしと向かい合った。

「お父ちゃんがちゃんと見つけてきはったんで、安心して待っててください」

京焼の急須と絵唐津の湯呑をテーブルに置いて、こいしがにっこり微笑んだ。

「なんだか眠れなくて」

紅潮させた頬を、木綿子が両方の手のひらで押さえた。

「ほんまに彼のことを愛してはるんやね。ごちそうさん」

首をすくめてこいしが笑った。

挙式まであとひと月と少し。年上のひとり身というこいしの立場からすれば、しあわせの絶頂期にいるはずの木綿子を、うらやましがって見せなければいけないのだろう。

だが本心では、父親とふたり気楽に暮らしているほうがしあわせだと思っているのではないか。

素直になれない自分にいら立ちながら、木綿子は精いっぱいの作り笑いをこいしに向けた。

こいしが厨房に入ったことをたしかめて、木綿子は大きなため息をついた。

なんとかここまでは順調にことが運んできた。電話してきたこいしの口調からすれば、店を捜しあてたのは間違いないだろう。問題はそのあとだ。今日はまだ第一関門に過ぎない。

「お待たせしましたな。捜してはった焼鳥と一緒に唐揚げもお持ちしました。小さい生ジョッキも付けときましたさかい、ゆっくりやっとぉくれやす」

運んできた銀盆から、流は皿とジョッキをテーブルに移した。

「これこれ。たしかにこんな感じでした。いい匂い」

木綿子が焼鳥の載ったアルミの皿に鼻を近づけた。

「どうぞごゆっくり」

こいしが流の背中を押した。

改めて見てみると、たしかに焼鳥とは似て非なるものだ。串に刺してあってこその焼鳥で、ふつうの感覚で言えばこれは鶏肉の炒め物だ。

だが不思議なことに口に入れて味わうと、まごうかたなき焼鳥なのだ。

ジョッキで喉を潤し、ひと切れ、ふた切れ、三切れと噛みしめるうち、胸の奥深くにつかえていたものが、少しずつこみ上げはじめた。

いつもとなにかが違う。子ども心にも気づいた。きっと父は言葉の端々にもその思いを込めていたのだ。父と一緒に食事をするのはこれが最後になる。そんな予感めいたものを感じながら、焼鳥のひと切れひと切れを食べると、知らず涙がこぼれ出た。木綿子の涙のわけを知り、父もまた涙を流した。そんな父にそっとハンカチを手わたした女将は、事情を知っていたのだろうか。

なぜあれが最後になったのか。そのわけは知らないほうがいい。ずっとそう思い続けてきた。きっと父と母のあいだで、なにかの取り決めごとがあったに違いない。

いつしか父はパンドラの箱に封じ込められてしまっていた。けっして開けてはいけない箱が、今ここにある。それを捜して欲しいと頼んだのは、ほかならぬ木綿子なのだ。

「どないです。こんな焼鳥やったんと違いますか」

厨房から流が出てきた。

「はい。間違いなくこれだったと思います」

慌てて気の迷いを消し去り、木綿子はきっぱりと言い切った。

「よろしおした。あとで詳しいレシピをお教えしまっさかい、ゆっくり味おうて食べとぉくれやす」

「あの……」

焼鳥を指さし、なにかを言いかけて、木綿子はあとの言葉を呑み込んだ。

「食べ終わらはってからゆっくりと」

問い返すこともなく、流は厨房に戻っていった。

間違いないと言い切ったものの、正直なところあのとき食べた焼鳥の味はうろ覚えだから、断定などできるわけがない。ただただ、それに続く流の言葉を引き出したかったからなのだが。

ジョッキをかたむけ、唐揚げをふた切れつまんだところで、少なからぬ不安が木綿子の胸をふさぎはじめた。

もしかすると、流は店を間違えたのではないか。だから店のことには触れなかったのだ。広島には似たような店があってもおかしくない。やはり、焼鳥だけでなく、店を捜して欲しいと目的を明らかにすべきだったか。今さら後悔してもはじまらないことは分かっていても、悔しさはこみ上げてくる。木綿子はジョッキを置いて唇を嚙んだ。

「唐揚げもこんな味でしたやろ。薄味やさかい、食べ飽きしまへんな。ビールのお代わりをお持ちしまひょか」

厨房から出てきた流が空になったジョッキを手にした。

「いえ。もう充分です。それより、どうやってこの焼鳥を捜しだされたのか、教えていただけますか」

いら立ちを隠せないように、木綿子は肩をいからせ、早口で問いかけた。

「ほな、失礼して座らせてもらいます」

「どうぞ」

木綿子は座り直して、姿勢をただした。

「この焼鳥ですけどな、広島と瀬戸内海をはさんで向かい側の愛媛にある今治(いまばり)の名物料理なんですわ。今治焼鳥と言うて、焼鳥好きのかたにはよう知られとります」

流にまっすぐ見つめられて、木綿子は視線を避けるように目を落とした。

「あなたが覚えておられた辺り、本川町やら十日市町界隈(とうかいちまちかいわい)やらで、十二年ほど前に今治焼鳥を出す店は二軒ありましてな。その二軒ともが今は店を閉めてしもうてるんです。これがありし日の姿ですわ」

流がタブレットの写真を見せると、木綿子は目を大きく見開き、右側の写真を指さした。

「これこれ。たしかにこの店だったと思います。この赤いテントに、お店の名前が書いてありますよね」

「これは屋号やないんです。拡大してみまっさかい、よう見とぉくれやっしゃ」

流がディスプレイをピンチアウトすると、木綿子はタブレットに覆いかぶさった。

「せんざんき。お店の名前じゃないんですか？」

「今治焼鳥の店では唐揚げのことを〈せんざんき〉と呼びますねん。今食べてもろたこれが〈せんざんき〉です」

流は唐揚げに目を向けた。

「なんだ。そうだったのですか。でも、父が連れて行ってくれたのは、このお店に間違いないんでしょ？」

息を荒くして、木綿子が流に迫った。

「これは『しむら』という焼鳥屋でしてな、惜しまれながら去年の秋に店じまいしはったんです。たぶんコロナのせいやと思いますけど」

木綿子の問いかけに、否定も肯定もしないまま言葉を続ける。

「『しむら』という店は、ご主人の志邨(しむら)はんの持ち家やったさかい、その後は居抜きでテナント貸ししてはるんですわ。今は餃子(ギョーザ)屋になってます。そこの店長はんが、大家の志郎はんに連絡取ってくれはって、お話を聞いてきたというわけです」

流が白髪と白ひげに顔を覆われた志郎の写真を見せた。

「思いだしました。このひとがご主人だったのですか。たしか鴨川さんとおなじような作務衣を着て、頭に鉢巻を巻いてらっしゃったような記憶があります」

店じまいをしたと聞いて落胆していた木綿子は、ひと筋の光明を見出したように、勢い込んでタブレットに目を近づけた。

「志郎はんは思うたとおり今治の出身で、今治焼鳥を売りもんにしてはったんです。お訊ねしたら、気ぃようレシピを教えてくれはりました。今治っちゅうとこは職人が多い街やったんで、串に刺した焼鳥がじっくり炭火で焼きあがる、てな時間を待つことができん。そやさかい、細こぅに鶏肉を刻んで鉄板で焼くスタイルになったんやそうです。重しの鉄コテを上から載せてはさみ焼きにするんでっさかい、すぐに焼きあがるっちゅうわけです。造船業が盛んな街なんで、鉄板も手に入りやすかったんですやろ。レシピはそない難しいもんやないんでっけど、分厚い鉄板やら重してなもんは家庭では手に入りまへんので、ホットプレートを強火にして、上からお好み焼き用のコテで押さえたら、そこそこ似たような焼鳥になります。タレの作り方やとか、いちおうレシピは書いときましたんで、参考になさってください」

時折タブレットの画面を変えながら、説明を終えた流は、クリアファイルを木綿子の前に置いた。

「ありがとうございました。作ってみます」

透明のファイルケースに素早く目を通し、木綿子は話の続きを待ったが、期待を裏切るように、流はタブレットをシャットダウンして立ちあがった。

「すみません。そのお店のことをもう少しお話しいただけませんでしょうか」

木綿子はすがるような目を流に向けた。

「わしの仕事は、食を捜すことなんで、これで終わりです」

きっぱりと言い切り、タブレットを小脇に抱えて立ち去ろうとする流に、木綿子はがっくりと肩を落とし、力なくつぶやいた。

「そうですよね」

床に目を落としたまま、身じろぎひとつしない木綿子を流はじっと斜めに見つめていた。依頼された食は見つかったというのに、重苦しい空気だけが漂っている。

少しばかり間を置いてから、テーブルに両手を突き、ようやく流が口を開いた。

「頼まれた仕事のほうは終わりでっけど、こいしがあなたに話したいことがあると言うとります。わしが行ったあとに、志郎はんとこへもういっぺん行ってきよったんで、よかったらその話を聞いてやってください」

下がっていく流と入れ替わりに、こいしが奥から出てきた。

「時間とか大丈夫ですか？」

「はい。今日中に戻ればいいので」

あっけにとられたように、木綿子は目を白黒させている。

「ほな失礼して座らせてもらいますね」

こいしは木綿子と向かい合って座った。

「お話というのは？」

木綿子が気ぜわしく切り出した。

「お父ちゃんもさっき言うてはったように、うちは食を捜すだけで、ひと捜しやとかはせえへんのです。そういうご依頼は最初からお断りしてますねん。けど、木綿子さんのほんまの目的はひと捜しと違うかなと思うて。うちの勘違いやったらごめんなさい。聞き流してください」

こいしがまっすぐに目を見ると、木綿子はその目を見返して、こっくりとうなずいた。

「この今治焼鳥、うちは知らんかったけど、焼鳥好きのひとやったらたいてい知ってはるみたいですね。お父ちゃんも知ってはったし、浩さんもよう知ってはった。出張のたんびに焼鳥を食べに行ってはったぐらい焼鳥好きの佑二さんが、知らはらへんいうのはヘンやなぁ、と思うたんです」

こいしが上目遣いに顔を覗き込むと、木綿子は伏せた目をそっと逸らした。

「子どものときのことやのに、よう覚えてはったし、今はちょっとネットで検索したら、これぐらいのことやったら簡単に見つかるはずですやん。うちが言うのもおかしいかもしれんけど、この焼鳥を見つけるだけやったら、わざわざ探偵を頼らんでもええのと違いますやろか」

タレに浸かった焼鳥の細切れが残る皿を、こいしが横目に見た。

「はい」

目を伏せたまま、木綿子が消え入るような声を出した。

「自分に置き換えてみたら、木綿子さんが捜してはるもんはすぐ分かりました。お父さんやね。お父さんの居場所を捜しだして、結婚式までに連絡を取りたい。そう思うてうちを頼ってきはったんですね」

こいしの言葉をじっと聞いていた木綿子は、胸のつかえが取れたように顔を上げ、首を垂れた。

「すみませんでした」

「ええんですよ。木綿子さんの気持ちが、うちにはようよう分かるさかい」

瞳を潤ませたこいしが手を取ると、木綿子の目尻から涙が流れた。

「ありがとうございます。なかなか言い出せなくて」

「いろんなこと考えたら、言い出せへんで当然や思います。お母さんの気持ちも考えんとあかんやろし。なによりお父さんがどう思うてはるかも分からへんしね」

木綿子の手を取ったまま、こいしが言葉を続けた。

「結婚式の日取りが決まったとき、それとなく打診してみたのですが、母は何も言いませんでした。いいとも悪いとも言わなかったので、母の本心は今も分かりません。父のほうもおなじです。もしも連絡できたとしても、父がどう思うか想像すらできません。式に出たいと言ってくれたらどうしよう。やっぱり母に言わないわけにはいかない。わたしが父に連絡したと知ったら、母はどう思うのだろう。裏切られたと思うかもしれない。父だって出たくないと言うかもしれないし。なにもかも分からないことだらけなんです。でも、でも、わたしは、ひと目でいいから、父に花嫁姿を見て欲しいんです。直接でなくてもいい。リモートでもいいし、写真だけでもいい。途中までだったけど、わたしをたいせつに育ててくれたお父さんに、ひと言だけでもお礼を言いたいんです」

せきを切ったように語った木綿子の目から、途切れることなく涙があふれ出る。

「きっと木綿子さんはそう思うてはるやろと思いました。せやから、頼まれたわけやないけど、志郎さんにお願いして、お父さん、白浜俊則さんの連絡先を教えてもろたんです。十二年ほど前の常連さんで人形劇やってたひと、て言うたら、すぐに分かってくれはりました」

こいしがタブレットをテーブルに置いた。

「父の居場所が分かったんですか。生きているんですね」

背中を丸めた木綿子は途切れがちな涙声で言って、震える指先で目尻を拭った。

「俊則さんは人形劇の劇団を辞めて、芸名で演劇グループの代表をしてはるみたいです。コロナのせいで公演は難しいんやろね。ネットで公開してはります。お先に見させてもらいましたけど、お父さんてええ声してはるんですね。お顔もよう似てはりますやん。リンク先をラインで送っときますね」

「ありがとうございます。そうですか。演劇のほうへ進んだんですか。変わったような、変わらないような。父らしいとも言えるし」

薄く細めた目をタブレットに向け、木綿子は苦笑いを浮かべている。

「お父さんとお母さんのあいだになにがあって、別々に暮らさはるようになったかは分かりません。けど、俊則さんは間違いのう木綿子さんの父親なんやし、花嫁姿を見て欲しいていう気持ちは誰にもとがめられるもんやないと思います。うちはいつになるか分からへんし、そういうときは来ぃひんかもしれん。けど、もしもそんなときが来たら、真っ先にお父ちゃんに見て欲しい。そう思うてます」

こいしの瞳から涙があふれ出た。

「わたし、間違ってないですよね」

木綿子はこいしの手を握る手に力を込めた。

「はい」

こいしはこっくりとうなずいて、その手を強く握りかえした。

「ありがとうございます。どうお礼を言っていいやら」

手を解いて木綿子はハンカチを目に当てた。

「余計なお世話にならんでよかった。ホッとしてます」

「余計な、どころか、心から感謝しています。この前のお食事代も一緒に探偵料を払わせてください」

「うちは特に料金を決めてしませんで。お気持ちに見合うた金額を、こちらの口座に振り込んでください」

こいしがメモ用紙をわたした。

「承知しました」

メモ用紙を折りたたんで財布に仕舞って、木綿子が立ちあがった。

「願いが叶(かな)うことをお祈りしてます」

立ちあがってこいしが木綿子の背中に手を当てた。

「話は済みましたかいな」

気配を感じて、流が姿を見せた。

「何から何まで、本当にありがとうございました。おかげさまで、一歩前に進めそうです」

木綿子が深く腰を折った。

「よろしおした。わしはいつもどおりやけど、こいしがえらい熱入れよって。迷惑やなかったですかいな」

こいしを横目に見て、流が苦笑いを浮かべた。

「迷惑なんてとんでもない。こいしさんがわたしの気持ちを察してくださったおかげで、父に感謝の気持ちを伝えることができそうです」

木綿子が敷居をまたいで、店の外に出た。

「お父さんに連絡が付いたら、お母さんともよう相談して」

見送りに出てきたこいしが釘を刺した。

「はい。そうします」

木綿子がこいしに向き直って笑顔を明るくした。

「ご安全に」

流がこいしの横に並んだ。

「失礼します」

一礼してから木綿子は正面通を西に向かって歩き出した。

「どうぞおしあわせに」

こいしがその背中に声を掛けると、立ち止まって木綿子が深々と頭を下げた。

「あのことは言わんといたげたんやな。お父ちゃんもええとこあるやん」

木綿子の姿が視界から消えると、こいしが流の背中をはたいた。

「痛いなぁ。言わぬが花、っちゅうやつやがな」

顔をしかめて流が店に戻った。

「『しむら』のテント看板が赤になったんは二年前で、十二年前は黄色やった。お父ちゃんからその話を聞いて、木綿子さんの目的がはっきり分かったんやけど、最近になって行ってみはったんやろか」

こいしが首をかしげた。

「ネットで検索したら今の赤いテントが出とったかもしれんし、実際に木綿子はんが行ってみはったかもしれん。どっちでもええがな」

「どうしはるやろな」

こいしがぽつりとつぶやいた。

「どうするも、こうするも、そら決まっとるやろ。式の写真でも送ってやな……」

流はあとの言葉を呑み込んだ。

「そやろか。式に呼ばはるんと違う？」

こいしは流の顔を覗き込んだ。

「呼んでも来はらへんと思うで」

こいしから逃げるように、流が仏壇の前に座った。

「なんでやのん。一世一代の娘の晴れ姿を生で見たいと思てはるはずや」

こいしが流のすぐ後ろに座る。

「ほんまにデリカシーのないやっちゃな。父親の気持ちはそない単純なもんやない。

なぁ、掬子。おまえやったら分かるな」

流が掬子の写真に笑顔を向けると、こいしが線香をあげた。

「お父ちゃんはまだ、うちに嫁に行かんといて欲しいみたいやで、お母ちゃん」

「そんなこと言うとるのと違う。父親っちゅうもんはやな……」

「はいはい。どっちみち、当分そんな予定はないさかい安心しとって」

流に笑みを向けてから、こいしは仏壇に手を合わせた。

第二話　駅弁

1

　JR京都駅八条口から乗り込んだタクシーは、跨線橋の上で停まった。少し先で道路工事が行われていて、ガードマンが手旗を振って制止したからだ。

　左手を見ると、ラーメン屋が二軒並んでいる。強い日差しをものともせず、どちらにも大勢の客が並んでいるのだ。世の中には物好きなひとがいるものだ。行列とはま

るで縁のない暮らしを、八十年ほども続けてきた夏木寧は、その光景を横目に苦笑いした。

ひと一倍食べることは好きだが、俗に言うこだわりというものがほとんどない。食に無頓着というわけではないのだが、どこそこの店の料理でなければ、とか、どこ産の食材に限る、といったことに固執することはまったくない。

長年連れ添ってきた桜子と、唯一嚙み合わなかったのは、その点だけだった気がする。人気の洋菓子があると聞けば、すぐさま遠くまで買いに走る。半年先まで予約が埋まっている店の予約をして、辛抱強く待つ。そんな桜子の様子に苦笑いしながらも、夏木がとがめることはなかったが、かといって同調することもなかった。

そんな夏木が生涯でただ一度、列に並んで買い求めようとした十五年も前の食を、わざわざ京都まで足を運んで捜そうとしているのだから、人生とは不思議なものだ。

ガードマンの合図で動きだしたタクシーは、塩小路通をわたり、築地塀に突き当たったところで左に折れた。

駅のすぐ近くにこんな古めかしい界隈があるのが、如何にも京都らしいところだ。桜子の好みそうな眺めに目を細めていると、信号を右折したタクシーは、やがて正面通に入った。

「この通りの真ん中へんやと思うんですけど」

速度をゆるめたドライバーは、ハンドルに覆いかぶさるようにして、通りの両側を交互に見ている。

「看板も暖簾もないらしいから見過ごしてしまうかもしれんな」

後部座席に座る夏木も身を乗り出し、左右を見まわしている。

「ここと違いますやろか。料理人ふうの男のひとが入っていかはりましたで」

ドライバーがゆっくりとブレーキを踏んだ。

「悪いがたしかめてきてくれんか。違っていたら面倒だから」

夏木が遠慮がちに言った。

「分かりました。ちょっと待っててください」

ハザードランプを点灯させ、サイドブレーキを引いたドライバーが、シートベルトを外してドアを開けた。

「すまんな」

喜寿を過ぎたころから、急に足腰が弱りはじめた夏木は、歩くことにすっかり自信をなくしている。

転んだが最後、ずっと寝たきりで一生過ごさねばならなくなる。かかりつけ医からも、ことあるごとにそう脅され、車椅子を勧められるのだが、まだそこまでは老いていないと拒み続けている。

　自宅の周りは目をつぶっても歩けるほどに、状況を把握できているが、知らない土地ではそうはいかない。少しの段差や障害物につまずけば、ひとたまりもない。用心に越したことはない。年寄りは遠慮せずにひとを頼ればいいのだ。そう自分に言い聞かせている。

「やっぱりここで合うてましたわ」

　ドライバーが後部座席のドアを開けた。

「ありがとう。助かったよ」

　メーターを横目に見た夏木は千円札をわたし、ステッキを使って車を降りた。

「おつりを……」

　ドライバーが助手席のドアに手を掛けると、夏木は間髪をいれずに声を上げた。

「おつりはいいよ。近距離で迷惑を掛けたのだから」

「ちょっとも迷惑やないんですけど、ありがとういただいときます」

　ドライバーは帽子を取って一礼した。

「なんかお手伝いしましょか」

店から若い女性が出てきた。

「いや。大丈夫です。ひょっとして、あなたが探偵さんかな」

ステッキを頼りに、夏木が歩を進めた。

「はい。うちが『鴨川探偵事務所』の所長をしてる鴨川こいしです。食を捜してはるんですか？」

こいしが夏木の腕を支えた。

「鎌倉から来ました夏木寧と言います。知り合いの編集者からこちらのことを聞いて伺いました」

「そうでしたか。どうぞお入りください。ゆっくりでええですよ」

「少し前までこんなことはなかったのだが、足が思うように動かなくなってしまって」

夏木は顔をしかめながら、左足をひきずるようにして歩を進め、ゆっくりと敷居をまたいだ。

「おこしやす。食堂の主人をしとります鴨川流です」

藍地の作務衣（さむえ）を着た流が、おなじ色の和帽子を取って一礼した。

「あなたが凄腕（すごうで）の料理人さんですか。夏木と言います。突然お邪魔して申しわけありません。年寄りは無計画でいけませんな」

白い麻のスーツに身を包んだ夏木は、ステットソンのパナマ帽子を片手で取り、流に笑顔を向けた。

「また茜が大げさに言うとったんやと思いまっけど、軽ぅでよかったらお食事などないです？」

流が和帽子をかぶり直した。

「大道寺さんはうそをつくようなひとではありませんし、等身大の評価をなさる編集者だと思っていますから、けっして大げさではないでしょう。愉しみにして参りましたので、ぜひとも」

夏木は帽子をコート掛けに掛けた。

「お知り合いの編集者て茜さんやったんですね。お父ちゃん、夏木さんのこと聞いてたん？」

こいしがパイプ椅子を引くと、夏木はそろりと腰をおろした。

「夏木先生は日本画の大家で、長年〈料理春秋〉の表紙を描いてきはったんですな。むかしの食を捜してはるて茜が言うとりました」

流は夏木のステッキを壁に立てかけた。

「大家だなんて、それこそ大げさですぞ。前言を取り消さなきゃいけませんな」

夏木がぶぜんとした表情を作ってみせた。

「ほな、わしは料理の支度をしてきますんで」

一礼して、流が店の奥に掛かる暖簾を潜（くぐ）っていった。

「絵描きさんやったんですか。なんとのうそんな感じやなぁと思うてました。夏木先生、お飲みものはどうしはります？」

テーブルを拭きおえて、こいしは畳んだダスターを手にして訊（き）いた。

「喉が渇いたので、ビールをお願いします。それと、先生っていうのはやめてください。落ち着いて食事ができませんから」

夏木が苦笑いした。

「すんません。有名な絵描きさんやて聞くとつい。すぐにビールをお持ちします。生か瓶かどっちがよろしい？」

「どちらでも。よく冷えてさえいれば」

こいしの問いに夏木は素っ気なく答えた。

「生を持ってきますわ」

こいしは店の奥へ向かった。

大きな音を立てているわりに、エアコンはさほど効いていない。ジャケットを脱ぐかどうか迷った夏木は、袖口をまくって座りなおした。

じっくりとなかを見まわすと、ひとむかし前の食堂の造りだ。流の風貌や目つきは、たしかに凄腕の料理人といった空気を醸しだしていたが、店の様子からは、傑出した料理が出てくるようにはまるで感じられない。

酒席での大道寺茜編集長の勢いに気おされて、破格に安いギャランティで引き受けた〈料理春秋〉の表紙絵も、そろそろ二十年近くになる。その間にギャラの補塡(ほてん)だと言って、大道寺が連れていってくれた店に、一度もハズレはなかったから、その舌には絶大な信頼を寄せている。なによりプロの料理人たちも多く愛読しているという料理雑誌の編集長を長く務めているのだから、疑う余地はないのだが、今度ばかりは眉につばをつけたくなってしまう。

それでもこれまで食べものに文句をつけたことは一度もないし、まずいものが出てきたからといって、機嫌を損ねることもなかった。

「小さめのグラスでよかったですやろか」

こいしが夏木の前にグラスを置いた。

「これくらいがちょうどいいです。よく冷えて旨(うま)そうだ」

すぐさまグラスを手にした夏木は、一気にかたむけた。

「今お父ちゃんが料理を用意してはりますし、ゆっくり飲んで待っててくださいね」

こいしが奥へと戻っていった。

半分ほども飲んで、夏木は手に持ったグラスをしげしげと見ている。

店構えからビール会社のロゴが入った厚手のジョッキが出てくるものと思っていたが、優美な曲線を描くグラスは、おそらくバカラのオノロジービアタンブラーだろう。三年ほど前の夏に大道寺が招待してくれた、銀座の会員制寿司屋で出てきたものとおなじだ。

ただ高価なグラスを使っているというだけでなく、手入れが行き届いているから、泡の跡が美しい縞模様を描いている。

画家という仕事柄、美意識には強い思い入れを持っている。どれほど優れた技法を用いたとしても、美しくない絵画など一文の価値もない。夏木は常々そう思っていて、ひとにもそう言ってきた。それは料理とておなじだ。

夏木は店の見かけだけで判断していたことを反省しながら、料理が届くのを愉しみに待った。

「えらいお待たせしましたな」

早足で奥から出てきた流は、竹簀（たけす）で覆われた盆を両手で抱えている。

「ちょうどいい塩梅（あんばい）にビールがなくなりました。軽い白ワインでもあればうれしいのですが」

夏木は竹簀の隙間に目をこらしながら、空のグラスを流に向けた。

「承知しました。たいしたワインは置いてまへんけど、頃合いに冷えたシャブリがありまっさかい、すぐにそれをお持ちします。どないしまひょ。それまで料理は待たはりまっか？」

盆ごとテーブルに置いた流は、竹簀に手を掛けた。

「せっかくだから待つことにしましょう。おあずけをくらう、というのも嫌いじゃないですから」

グラスをもてあそびながら、夏木が苦笑いした。

「段取りの悪いことですんまへんなぁ。すぐにご用意しますんで」

流がきびすを返そうとした瞬間、こいしが勢いよく厨房から出てきた。

「よう冷えたシャブリをお持ちしました」

「これはこれは。素晴らしい親子の連携プレーですな」

相好をくずして、夏木はこいしからワイングラスを受け取った。

「間に合うてよかった。ほな竹簀を外させてもらいます」

ホッとしたような顔をして、流が両手で竹簀を外した。

「これはまた立派なお料理じゃないですか。さすが、という言葉はまず大道寺編集長にさしあげることにします」

料理が盛り付けられたガラスの大皿に覆いかぶさるようにして、夏木が料理を見まわした。

「簡単に料理の説明をさせてもらいます。暦の上では秋になっとりますけど、まだまだ暑ぉすさかい、夏の名残りっちゅう感じで作らせてもらいました。左上から落ち鮎のフライ。いっぺん薄味で炊いてから、ころも付けて揚げてますさかい、ソースは要らん思います。骨は抜いてあるんで、そのままガブッといってください。その横はジュンサイとミョウガの酢のもんです。上の右端は夏鹿のロースト。塩味だけですので、お好みで粒マスタードを付けてください。その真下は蒸しアワビのミルフィーユ。薄ぅに削ぎ切りしたアワビを重ねてます。重ねたままで食べてもろたほうが、おもしろい食感や思いますけど、一枚ずつ召しあがってもろてもよろしい。失礼なことお訊ねしまっけど、夏木はんは入れ歯してはりまっか?」

「いいえ。おかげさまで二十本ある自分の歯で噛んでます」

夏木が口を薄く開けて見せた。

「よろしおした。そしたら重ねたまま食べてみてください。肝のタレと青柚子の刻んだんを添えてます。お好みに合うたらどうぞ。アワビの左手はスズキの昆布〆です。ショウガを挟んで白板昆布を巻いてます。お醤油は要らん思います。真ん中の段の左端は合鴨のミンチカツ。自家製の中濃ソースを掛けて召しあがってください。その下は才巻海老の湯引きです。サッとポン酢にくぐらせて食べてみてください。その右は牛ヒレを炭火で炙ってます。辛子醤油でどうぞ。下の段の右端は中トロの細巻き。シャリはちょこっとしか入れてまへん。ヅケにして味は付けてます。ワサビと一緒に食べてください。このあと鱧の釜めしを用意しとります。これから炊きますさかい、そうですなぁ、あと四十分ほどしたらお持ちします。それまで、ゆっくりと召しあがってもらえまっか。ワインはボトルごと、お冷やと一緒にすぐ持ってきます」

盆を小脇に挟んで流が一礼した。

「ありがとう。こんなごちそうは久しぶりだから、じっくり愉しませていただきますよ」

利休箸を手にして、夏木は目を細めた。なんという美しい眺めだろうか。

ガラスの大皿に盛り合わせられた料理は、直置きされたものもあれば、小さな器に入ったものもある。その合間にみずみずしい青もみじの葉や、笹（ささ）、葉蘭（はらん）などの緑がちりばめられ、一幅の絵画のような景色を見事に描きだしている。傑出した料理であることは、食べずとも分かる。

日本の料理はまず目で愉しむものだと言いながら、心底愉しませてくれることはめったにない。別段、高価なものを使わなくてもいいから、その料理にふさわしい器を使って欲しいといつも思う。

料理に限ったことではないが、技巧に走りすぎて、これ見よがしなものは醜悪にしか映らない。

夏木は過去の記憶をたどり、これほどの美を備えた料理は初めてだと確信した。

大道寺が連れていってくれた店は、どこも旨い料理を出してくれたが、難を言うなら器遣いだ。どんなに高価な器でも調和していなければ料理が台無しだ。

ワインボトルが届いたあと、夏木が最初に箸をつけたのはアワビだった。透き通るほど薄くスライスされたアワビが数枚重なりあい、珉平（みんぺい）焼に載っている。小判形をした小皿は鮮やかな緑色をしていて、みごとにアワビを引き立てている。

七、八枚重なっているだろうか。夏木は用心して三枚を箸で取り、青柚子と一緒に口に運んだ。

得も言われぬ、とはこういうことを言うのか。上品な磯の香りが口のなかに広がり、かすかな青柚子の香りがアクセントをつける。

シャブリがよく合う。

きっと桜子もこの料理なら満点をつけるだろう。

次に箸をつけたのは落ち鮎のフライだった。

子持ちの鮎の子と身を別々に揚げてあるのを見るだけで、そのていねいな仕事ぶりが垣間見える。

ただうなるしかなかった。鮎は塩焼きに限ると思い込んでいたが、まさかフライにした鮎に舌鼓を打つことになるとは。

シャブリで口を洗い、食べ残していたアワビに目を留めた夏木は、黒い肝のタレを付けて一度に口に運んだ。

さっきと違って、アワビの味わいが洋風に変わったのは、タレに仕掛けがあるのだろう。どうやらバターを使っているようで、シャブリにはこっちのほうが相性がいいように思う。

ただふた品を食べただけで、鴨川流は秀でた料理人であると断じた。たとえ一瞬でも大道寺の舌を疑ったことを反省した。

改めて店のなかを見まわした夏木は、それにしても、と思う。なぜこの設え(しつら)なのか。たしかに清潔に整えられ、目障りな装飾など皆無で、端正ではあるが、ガラスの大皿と見比べて、あまりにもギャップがありすぎる。この盛り付けのセンスをもってすれば、それなりの内装に設えるのは、それほど難しいことではないはずだ。

夏木はひと品ずつ口に運んでは、その度に首をかしげる。

夏鹿のローストは古伊万里の小皿に載せられていて、下に青もみじが敷いてある。むかしから日本では鹿と言えばもみじだ。若いころにはそんな情景もよく描いた。そのスケッチをするために、信州から越後の奥山へと何度も旅したものだ。

とは言え、奈良や宮島と違って、そう簡単に出会えるものではないだけに、色づきはじめたもみじに、鹿がゆっくりと歩み寄ってきたときは、身体(からだ)が震えるほど感動したものだ。

そうして近づいてきた鹿は、まるでそれが自らの役割だと言わんばかりに、さまざまなポーズを取ってくれるのも、不思議でならなかった。

たとえ相手が人間であっても、ふいの出会いに心を揺さぶられることはしばしばあったが、それが動物となると、あのときただ一度だと言ってもいい。

夏木は鹿肉をじっくりと嚙みしめ、味わいをたしかめながら、あのときの出会いを思いだし、気持ちを昂らせていた。

ワインクーラーからボトルを取りだし、シャブリをグラスに注ぐ。かすかにシャンパーニュのような泡立ちが見えたが、気のせいだろう。消し去ろうとする記憶は、かえって鮮やかによみがえってくる。

夏木は中トロの細巻きを指でつまみ、ぽいと口にほうり込んだ。

これほどシャリの少ない細巻きを食べるのは初めてのことだ。年老いた身を案じてのことか、それとも流のスタイルなのだろうか。

いずれにせよ、これほどに食が進み、酒も進むのはいつ以来だろう。時計の針を戻してみても、なかなかそのときに行きあたらない。

途中で一度見つかったような気がしたが、あえてそこを通り過ぎた。見て見ぬふりをするような自分に、夏木は苦笑いするしかなかった。

適度に腹も膨れ、頃合いに酔いが回ってくると、ここを訪れた目的をつい忘れそうになってしまい、夏木はワイングラスをテーブルの端に遠ざけ、冷水を一気にあおった。

「ぼちぼち鱧の釜めしが炊き上がりますけど、お持ちしてよろしいかいな」

流が厨房から出てきた。

「お願いします。あまりに旨いので、あっという間にここまで食べてしまいましたよ」

料理はほとんど食べつくされ、ガラスの大皿に刻まれた、放射状の線がくっきりと浮かび上がっている。

「よろしおした。すぐにお持ちさせてもらいます」

空になった小皿や小鉢を盆に載せ、流が厨房に戻っていった。

喉の渇きを癒すように、夏木はグラスをゆっくりとかたむけた。

「お待たせしました。鱧の釜めしです。最初だけよそわせてもらいまっけど、あとはご自分でよそうて、好きなだけ召しあがってください。熱いさかい気ぃ付けとぉくれやっしゃ」

流は小ぶりの羽釜から染付の茶碗に釜めしをよそい、夏木の前に置いた。

「これが鱧の釜めしですか。芳ばしい香りがしていますな」

夏木は茶碗に近づけた鼻をひくつかせた。

「ほうじ茶を置いときます。お茶漬けにしてもろたら、また味が変わって美味しおす。お済みになったら声を掛けてください。こいしのとこへご案内します」

言い置いて流が戻っていった。

湯気を上げる釜めしには、刻んだ焼き鱧が混ざっていて、一見すると鰻ちらしのようにも見える。

箸で取って口に近づけると熱気が伝わってくるほどに熱々だ。息を吹きかけて冷ましながら、ゆっくりと口に入れる。

鰻のようなくどさはなく、かと言って穴子ほど軽くはない。なるほど、これが鱧の味か。骨の多い魚だと聞くが、それをまったく感じさせないのは、流の技術によるものなのか、それとも素材そのものが秀でているのかは分からない。

こんな鱧を食べさせてやれば、どれほど喜ぶだろうか。と、顔を思い浮かべ、夏木は慌ててかぶりを振った。

小ぶりの羽釜には一合ほど入っていたのだろう。茶碗に軽く一杯半ほど食べ、流の勧めにしたがい、少し残した釜めしを茶漬けにした。

これも悪くはないが、やはりそのままのほうが旨いような気がする。いずれにせよ、食事の〆として、この釜めしは文句のつけようがない。

ボトルに三分の一ほどのワインを残して、夏木は箸を置いた。

その気配を察したかのように、流が傍らに立った。

「お食事のほうはよろしおしたかいな」

「はい。充分いただきました。こんなにたくさん食べたのは何年ぶりか。記憶にないほどです。ぼちぼち伺わないと、お嬢さんがお待ちになっているでしょうから」

白いハンカチを出して、夏木は口元をていねいに拭った。

「よろしおした。ぼちぼち奥へ案内させてもらいますわ」

流の言葉が終わらないうちに、夏木はゆっくりと席を立った。

細長く続く廊下を流が先導し、夏木は両側の壁にびっしりと貼られた写真に目を遣（や）りながら、ステッキの音を響かせてあとを追う。

「それにしても実に多彩ですな。こんなラーメンまでお作りになるのですか」

立ち止まって夏木が首をかしげた。

「器用貧乏やと、よう掬子に言われましたわ」

振り向いて流が苦笑いした。

「うらやましいです。わたしなんかは風景画一本槍（いっぽんやり）ですから」

「夏木先生みたいな、その道ひと筋という生き方は、わしらには到底真似（まね）できまへんさかい、こないしてお茶を濁しとるんですがな」

流が立ち止まった。

「隣の芝生は青く見えるものですかな」

夏木が口元をゆるめると、流は前を向いて歩きだした。

「こちらが亡くなった奥さまですか。美しいかたですね」

夏木が写真に目を近づけた。

「信州へ行ったときやさかい、亡くなる二年ほど前でしたかな。蕎麦好きの掬子が上田の蕎麦屋で半分ほども残しよって、おかしいなぁと思うてました。けど、わしも忙しいしてましたさかい、そのまま放ってましたんや。まぁ、わしがなんぞしたら、どないかなったかどうか、それは分かりまへんけどな」

流がしみじみとした口調で語った。

「うちの桜子は脳の病を得ましてね。これも今から思うと、わたしがどうにかできるものではなかっただろうと思っています」

夏木が廊下の天井を仰いだ。

「ひとにはみな運命っちゅうもんがある。そう思うしかおへんな」

三歩ほど歩いて、流は突き当たりのドアをノックした。

「どうぞ」

ドアを開けて、こいしが顔を覗かせた。

「あとはこいしにまかせときまっさかい」

流が廊下を戻っていき、夏木は探偵事務所へ入った。

「早速ですけど、ここに記入していただけますか。簡単でけっこうですので」

ローテーブルを挟み、向かい合って座ったこいしが、夏木にバインダーを手わたした。

「申込書ですね。承知しました」

受け取って夏木は、スラスラとペンを走らせる。

「夏木さん、コーヒーかお茶か、どっちがよろしい？」

「コーヒーをいただきます」

バインダーに目を落としたまま、夏木が答えた。

こいしがコーヒーを淹(い)れはじめると、芳ばしい香りが漂い、夏木が綴(つづ)るペンの音が響く。

夏木は何度か手を止め、思いを巡らせるように天井を見上げたり、ときに小さなため息をつきながら書き終えて、バインダーをローテーブルに置いた。

「ほんまは豆から挽(ひ)いて淹れたほうがええんやと思いますけど、お待たせしてもあかんので、て言い訳しときます」

夏木の前にコーヒーを置いて、こいしが肩をすくめた。

「食べるものや飲みものにはあまりこだわらない性質(たち)ですから、どうぞお気になさらずに。家ではもっぱらインスタントですし」

夏木がジノリのカップを手にした。

「ありがとうございます。早速ですけど夏木寧さん。どんな食を捜してはるんですか？」

こいしがノートを開き、ペンを手に取った。

「駅弁なんですよ」

夏木がカップをソーサーに置いた。

「駅弁ですか。どこの駅で買わはった、なんていう駅弁です？」

「買ったんじゃなくていただいたんです。駅は直江津(なおえつ)なんですが」

「直江津てたしか、新潟の海沿いにある街でしたね」

こいしはノートの横にタブレットを置き、地図アプリを開いた。

「そうです。ここですね」

向かいから覗き込んで、夏木が指さした。

「この直江津駅で誰かが買わはった駅弁を、夏木さんがもらわはった、ていうことですね」

「そうです」

こいしの問いかけに夏木は短く答え、ソファに背をもたせかけた。

「いつごろの話ですやろ」

「二〇〇六年の八月二十六日ですから、今から十五年ほど前のことになりますか」

指を組んだ夏木はソファにもたれたまま、宙に目を遊ばせた。

「えらいはっきり覚えてはるんですね。どんな駅弁やったんか、詳しいに教えてください」

こいしはペンを握りなおし、身を乗りだした。

「竹の皮に包んだ栗おこわや、鱒（ます）の塩焼き、鶏の照り焼き、海老と、かまぼこなんかが入っていました。形は楕円形というか小判形をしていましてね」

「小判形で竹の皮に包んだ栗おこわ、鶏の照り焼き、と、あと、なんでしたっけ」

駅弁のイラストを描きながら、こいしの手が止まった。

「ちょっと、いいですか」

言うが早いか、夏木はペンとノートをこいしから受け取り、駅弁の絵を描きはじめた。

「本職の絵描きさんて、やっぱりすごいなぁ」

こいしは目を見開き、あっけにとられている。

「鮮明に記憶に残っているだけですよ」

夏木はあっという間に駅弁の絵を描き終え、ペンとノートをこいしに返した。

「どっかで見たことあるような……」

こいしが小首をかしげた。

「よくあるタイプなんじゃないですか」

夏木が口の端で笑った。

「ここまで覚えてくれてはったら、お父ちゃんも早いこと見つけてきはると思います。今も売ってはったら、ですけどね」

こいしがノートのページを繰った。

「そこなんですよ。実は、これこれこういう直江津の駅弁を買ってきてくれないか、と新潟の友人に頼んだのですが、もう売ってないという返事が来たんです」

「そうですね。今でも売ってたらそれを買うたら済む話ですもんね」

こいしの言葉に夏木は黙ってうなずき、コーヒーカップを手に取った。

「駅弁というのは、ごく一部のロングセラー商品を除いて、しょっちゅう入れ替わっているそうなんです。今わたしが捜している駅弁も、当時は人気商品だったようですが、いつの間にか消えてしまったみたいです」

「うちは旅行することが少ないさかい、あんまり駅弁には詳しいないんですけど、そういうもんなんですか。売ってへん駅弁て、どないして捜したらええんやろ」

こいしは首をかしげながら、ノートに×印を並べた。

「なんとかお願いできませんか」

身を乗りだして、夏木がこいしに視線を向けた。

「はい。お父ちゃんに気張ってもらいます。ひとつお訊ねしてもいいですか？」

「なんでしょう？」

「なんでその駅弁を捜してはるんです？　差支えなかったら、捜してはる理由をお聞かせください。それと、その駅弁を食べはったときの経緯（いきさつ）やとか、も話してもらえたら。なにかのヒントになる思いますので」

「やはり、そこはお話ししたほうがいいのでしょうね。分かりました」

夏木は浅く座りなおし、二度ほど咳（せき）ばらいをした。

「お冷やをお出ししますね」

立ちあがって、こいしが冷蔵庫からピッチャーを取りだした。

「あまり格好のいい話じゃないのですが」

夏木がひとり言のようにつぶやいた。

「差しさわりがあるとこは外してもろてもいいですよ。お聞かせいただける範囲で」

こいしはローテーブルに白いレースのコースターを敷き、冷水の入ったグラスを置いた。

「そこにも書いたのですが、家内の桜子は五歳年上で、わたしが八歳のころからの幼馴染でした。人生の大半を一緒に過ごしてきましたが、去年の秋、先に旅立ってしまいました」

夏木はじっとグラスを見つめている。

「夏木さんはいま七十八歳で八歳のときからやから、七十年間を一緒に過ごしてきはったんですね。絵に描いたようなおしどり夫婦やったんや」

バインダーを横目に見、こいしはノートにおしどりのイラストを描いた。

「その言葉が適切かどうかは置いておいて、馬が合ったと言いますか、ある意味で似たもの夫婦でしたね。なにをするのも一緒だし、なにより桜子はわたしの仕事の最大の理解者でした」

夏木は目に涙をためている。

「そんなご夫婦やったら、さぞお別れはつらかったでしょうね。お察しします」

こいしが頭を下げた。

「よく、ぽっかり穴が開いた、という言葉を使いますが、まさにそんな感じでした。しばらくは食事も喉を通らなくて」

夏木は言葉をつまらせ、顔をゆがめた。

「そうか、この駅弁は奥さんとの思い出があるんですね」

こいしが夏木に顔を向けた。

「違うんです……」

そう言ったきり、夏木は黙り込んでしまった。

「すんません。早とちりするのはうちの悪いクセなんです」

しばらく間をおいて、こいしが首をすくめると、夏木が重い口を開いた。

「お恥ずかしい話ですが、桜子ではなく、ほかの女性との思い出を追いかけているんです」

いくらか頬を紅く染めて、夏木は長い息をはいた。

「なんか余計なことに首突っ込んでしもうたみたいですね。ちょっとびっくりしました」

グラスを手にしたこいしは、一気に冷水を飲み干した。

「なぜわたしがこの駅弁を捜しているのか、包み隠さずお話ししないといけないでしょう。恥を忍んでお話しします」

夏木が空のグラスを手にすると、こいしはピッチャーの冷水を注ぎ足した。

「お願いします」

こいしは表情をかたくした。

「桜子は五つ上なのだから、仕方がないのですが、二十年ほど前から認知症を患いましてね、それも急激に症状が進むという、たちの悪いやつでして」

夏木がグラスをかたむけた。

「二十年ほど前て言うたら、奥さんはまだ六十三ぐらいでしょ。えらい若いときから……」

こいしが顔をしかめた。

「六十五歳未満だと若年性認知症と言うらしいのですが、脳が萎縮することによって起こるのだそうです。まだら、という感じで、真っ当なときと、全然ダメなときが混在するタイプの認知症で、わたしも毎日困惑するばかりでした。完治は難しいと医者に言われ、一進一退、というか、心の休まる日は一日もありませんでした」

「たいへんなんですねぇ。話には聞いてましたけど、うちの周りには幸いそういうひとが居なかったので」

「わたしもおなじです。いつかはお互いそうなるだろうと覚悟はしていましたが、まさかこんなに早く罹るとは思っていませんでしたから、お先真っ暗という感じでした。お話ししましたように、わたしと桜子は小さいときからずっと、お神酒徳利のように暮らしてきましたので、空虚感というか、生きているのが苦痛に思えるほどでした」

夏木は言葉を選びながら、視線をローテーブルに落とした。

「奥さんでありながら、お姉さんのような存在やったから、大きい穴が開いてしもうたんですね」

こいしはハートの形のイラストを描き、そのなかに大きな丸を描き足した。

「仕事もまったく手につかない、というか絵を描くような気持ちにまったくなれないし、家事もほとんどすべて桜子にまかせっきりで、わたしはなにもできませんし。これだったら死んだほうがましかもしれん、そう思ったこともありました。桜子にはひと回り下の、楓という妹がいましてね、彼女がずいぶん心配してくれて。このままだとお義兄さんもダメになっちゃうからと言って、施設を捜してくれたんです。入院というか入所してからも、楓がずっと付き添ってくれるようになったんです」

「やっぱりそういうときは身内が一番頼りになりますね」

「ほんとうにありがたかったです。正直なところ、相当な負担になっていましたから。楓が面倒を見てくれたおかげで、少しずつ仕事もはじめて、スケッチ旅行に出られるようにまでなったんです」

「夏木さんほどの絵描きさんやったら、経済的にはお困りやなかったでしょうけど、やっぱり仕事をせんと生きがいがありませんもんね」

「マネージメントは桜子にまかせっきりでしたから、お手上げでしたよ。大道寺編集長が紹介してくれた、誠実な画商さんにお世話になって、なんとかしのいでますが、作品に値段を付けるのが一番苦手なんですよ」

「分かりますわ。うちも探偵料はお客さんまかせにしてますけど、絵描きさんはそんなわけにいきませんよね」

こいしの言葉に、ふたりは顔を見合わせて笑った。

「そんなに作品をストックしているわけではないので、描かないと食っていけません。わたしはほとんど風景画専門ですから、スケッチに行かないと前に進めない。桜子のことは楓に頼んで、スケッチ旅行へ出かけるようになりました」

夏木は喉を鳴らして冷水をごくりと飲んだ。

「きっと後ろ髪を引かれる、ていう感じやったんでしょうね」

こいしは上目遣いに夏木の目を見た。

「ひとときも桜子のことを忘れることはありませんでしたよ」

そう言いながらも、夏木はこいしと目を合わせようとはしない。

「そのスケッチ旅行の行先が新潟やったんですね」

こいしはノートに日本地図を描き、新潟らしき場所に印を付けた。

「わたしはむかしから山が好きで、画題も圧倒的に山や高原が多いのです。とりわけ奥信濃から妙高近辺の景色を好んで描いてきました。いつも『赤倉観光ホテル』をベースにして、二、三週間滞在するんです。野尻湖、斑尾(まだらお)、黒姫辺りを車でうろうろしてスケッチしたものを、鎌倉のアトリエに戻って仕上げる、というのがいつものパターンです」

「『赤倉観光ホテル』て、たしか赤い三角屋根のおしゃれなホテルですよね。いっぺん泊まりたいと思うてますけど、なかなか」

こいしはノートにホテルのイラストを描き、ハートマークで囲んだ。

「定宿は気楽でいいんですよ。なにも言わなくてもこっちの気持ちを汲(く)んで、いろいろと気を遣ってくれますし、桜子とおなじような存在なんですよ」

「うらやましい限りですわ」

「春夏秋冬、一年に最低でも数回は赤倉に滞在しますが、いつも山のなかばかりをうろついていたのに、あのときは、ふと海が見たくなりましてね」

「あのときていうのが二〇〇六年の八月ですね」

こいしがノートを繰って折り目を付けた。

「はい。八月二十六日です。それまで気にも掛けなかったのですが、地図を見ると、そう遠くないところに日本海がある。朝食を摂ったあと支配人に訊ねると、一時間に一本しか運行されていないが、五十分ほどで直江津まで行ける、という話だ。慣れない道を運転するのも疲れるから、たまには列車もいいだろう。そう思って直江津へ行ったんです」

「そうかぁ。赤倉てたしかに山のなかやけど、案外海が近いんですね」

こいしはタブレットの地図アプリを開き、位置をたしかめている。

「わたしもそのときそう思いました。そして直江津の駅に着いて駅員さんに訊くと、十五分ほども歩けば海辺に出られるから『船見公園』を目指すといい、と教えてくれましてね。暑いなかを汗だくになりながら歩いて行ったんですよ。そしたら思いのほか素敵な眺めに出会えたんです。まさか描く気が起こるとは思っていなかったので、道具を置いてきたのが本当に残念でした。ろうそくを手に海を向く人魚像なんて、なかなかおもしろい光景でしたよ」

「造りもんの人魚像にプロの絵描きさんが反応しはるて意外な気もしますけど」

こいしは人魚のイラストを描いた。

「もちろん画題にはしませんが、その発想はおもしろいなと思ったんです。日本海と湘南の海とはまったく趣きが違うのも興味深かったです」

「そうか。お住まいは鎌倉やから海は見慣れてはるんですね」

「見慣れているつもりだったのですが、まったく別ものでした」

「海はいいですよね。うちも大好きです。見飽きひんし」

「ええ。飽かず眺めているとすぐに時間が経ってしまって。また別の日にもう一度出直そうと思って直江津の駅に戻ったんです」

「そこで駅弁を買う、いや、もらわはったんですね」

「はい。正確に言うと、列車のなかでもらったのですが」

「そのへんのことを詳しいに教えてください」

こいしはペンを持つ手に力を込めた。

「駅に戻ってみると、さっきとは一変して大混雑なんです。鉄道のことはまるで疎く、なぜこんなに駅が混んでいるのか分からなかったのですが、駅員さんの説明では鉄道ファン垂涎（すいぜん）のレアな列車が走るからだということでした。わたしはまったく興味がなく、駅弁でも買って赤倉に帰ろうと思って、列に並んだのですが、わたしの番が来る前に売り切れてしまったんです。そしたらわたしの前の女性が、ふたつ買ったので、おひとつどうぞ、と言ってくれたんです。ひもじそうな顔をしている老人を哀れに思ったんでしょうね」

「ええひとがやはってラッキーでしたやん」

「そうなんです。ふと見るとその女性はスケッチブックを脇に抱えている。絵が好きなんですか？　と思わず訊いてしまって、そこからいっぺんに話が弾んだんです」

「なんか、おもしろい展開ですね。けど、そのひとは夏木さんがプロの画家やて気付いてはったんですか？」

「まったく。わたしは照れ性なもので、名乗ることができず、とっさに絵画教室の講師をしているとうそをついてしまいました」

「びっくりしはったでしょ、そのひと」

「ええ。狩野美由紀（かのうみゆき）という女性なんですが、まったく疑わずに、アドバイスして欲しいと言って、スケッチブックを開きました。主に風景画だったので、的確な助言ができたと思います」

「その美由紀さんも旅行中やったんですか？」

「彼女は長野に住んでいて、鉄道ファンなので直江津まで来たということでした。長野まで帰るという彼女と一緒に列車に乗り込み、妙高高原でわたしが降りるまでの小一時間、駅弁を食べながら夢中で絵画談議を繰り広げました。久しぶりの愉しい時間でした」

目を細めて夏木はソファの背にもたれかかった。

「美由紀さんとはそれっきりですか？」

こいしの口調が詰問っぽくなった。

「わたしが赤倉に滞在していると言うと、彼女は、遊びに行ってもいいですか、と訊いてきました。断る理由もないので承諾すると、早速次の日にやってきて」

夏木は照れたように笑った。

「断る理由。あるて言うたら、あるような気もしますけど」

こいしが冷ややかに言った。

「部屋に呼ぶわけではなく、レストランだとかラウンジで過ごすだけですから、なにもやましいことはありませんし」

　夏木は少しばかり胸を張ったが、こいしは釈然としないと言わんばかりに、何度も小首をかしげた。

「一回きりですか？」

「八月いっぱい滞在していたのですが、そのあいだに五回ほど一緒に食事をしたり、お酒を飲んだりしました」

「五回ほど、て二十六日からやから、ほとんど毎日ですやん。そういうのをデートて言うんと違いますかね」

　指を折って、こいしが眉をひそめた。

「否定はできません。『船見公園』で海を見ていた人魚のような長い髪をなびかせて、時折り憂いを含んだ笑みを浮かべる。美由紀と出会ってからの数日間は、久しぶりに心が浮き立つ時間でした」

　当時を思いだしながら語る夏木は、夢見心地という言葉がぴたりとはまる表情をしている。

「ようも抜け抜けとそんな……」

　あとの言葉を呑み込んで、こいしは慌てて口を両手でふさいだ。

「すんません。失礼なこと言うてしもて」

「いいんですよ。そう言われてもしかたがないことですから。彼女と一緒に過ごしているあいだに、何度も桜子のことが頭に浮かんで、すまないという気持ちになったのも事実です。だが、これぐらいのことなら桜子も許してくれるだろうと」

夏木は神妙な面持ちで、両手をかたく握りしめている。

「そのころ奥さんは認知症で施設に入ってはったんですよね」

こいしの問いかけに夏木は無言で首を縦に振った。

こいしは長いため息をつき、ふたりは視線を合わせることなく、しばらく黙り込んだ。

こいしは何度もノートのページを繰り、その度に小鼻を膨らませている。夏木は横目でその様子を見ながら、気ぜわしげに両手の指を組み替えていた。

「なんとのう分かったんですけど、なんで今になってその駅弁を捜してはるんです?」

先に口を開いたのはこいしだった。

「実はそのとき、わたしは彼女をモデルにした絵を何点か描いたのです。あとにも先にも人物画を描いたのはこのときだけです。唯一の例外は〈料理春秋〉です。あの表紙絵にはたまに人物が登場しますが、あくまで人物は添えもので、主体は料理や街の風景ですからね。彼女をモデルにして描いた絵は十枚ほど、ずっとアトリエに仕舞ったきりなのですが、公開しようかと思うようになったのです。わたしの人生も残り少ないですし、このまま埋もれさせるか、夏木寧の画家人生唯一の人物画を世に問うべきか。迷いに迷っているんです。人生の終わりを前にしてどちらの道を選ぶか。その判断を、切っ掛けとなったあの駅弁に委ねようと思うに至りました。もう一度食べて、あのときの気持ちをたしかめて、その上で判断したい。そう思っているのです」

きっぱりと言い切って、夏木はこいしをまっすぐに見た。

「なるほど。そういうことやったんですか。で、その人物画て、あの、どんな感じの絵、ていうか、その……」

こいしは目を泳がせ、言葉を濁している。

「裸婦なんかではありませんよ。自然と一体になった彼女の顔や立ち姿ばかりです」

夏木が苦笑いした。

「そうでしたか。けど、顔がはっきり分かるんやったら、公開するのにご本人の許諾が要るんと違います？」

「その点は大丈夫です。承諾は得ていますから。彼女もとても気に入ってくれて、何点かプレゼントしましたし。さすがにそのときはちゃんと本名を名乗って正体を明かしました」

「絵の先生やて思うてたら、著名な画家さんやった。動転しはりましたやろ」

「ええ。神さまみたいな存在だと言いながら、でも、わたしと接する態度はまったく変わりませんでした」

「それでその駅弁を捜しだせたとして、なにがどうやったら公開しはるんです？　て、突っ込みすぎかもしれませんけど」

こいしが遠慮がちに訊いた。

「迷っているのはただ一点だけ。わたしがあのとき彼女に対して抱いた気持ちは、桜子を裏切るようなものだったのかどうか、なんです。あの世で桜子と再会したとき、胸を張れるのか、謝らなければいけないのか。彼女と出会う切っ掛けになった、あの駅弁をもう一度食べれば、それを判断できると思うんです」

「ひとつ訊いてもいいですか？」

「ここまでお話ししたのですから、なんでも訊いてください」

「十五年前に出会わはって、そのあと美由紀さんとは？」

「その後に手紙やメールでやり取りしたことは何度かありますが、実際に会ったのはあのときだけです」

言葉を選びながら夏木が答えた。

「分かりました。この絵を頼りにしてお父ちゃんに捜しだしてもらいます」

ペンを置いて、こいしがノートを閉じた。

こいしの先導で食堂に戻ると、流は広げていた新聞を畳み、椅子から立ちあがった。

「あんじょうお聞きしたんか」

「ちゃんとお聞きしました」

流の問いかけに、こいしはぶっきらぼうに答えた。

「長々と余計な話をして、お嬢さんを困らせてしまいました」

夏木はこいしに苦い笑いを向けた。

「わがままな娘ですんまへんなぁ。わしのしつけが行き届かなんだもんで」

流はきつい目でこいしをにらみつけた。

「いえいえ。お嬢さんはきわめてまともだと思いますよ。この歳になって生き恥をさらしているわたしが間違っているのです」

夏木はコート掛けからパナマ帽を取って、かぶった。

「なにがどうなんやら分かりまへんけど、気張って捜しまっさかい」

和帽子を取って、流が頭を下げた。

「料金は後払いでいいんでしたね。次はいつ来ればいいでしょう」

食堂を出ようとして、夏木が立ち止まって訊いた。

「だいたい二週間あったら捜してきますんで、そのころに連絡させてもらいます」

流が引き戸を引くと、夏木はステッキをついて敷居をまたいだ。

「じゃ、よろしく頼みます」

パナマ帽を取ってふたりの顔を見た夏木は、ゆっくりと正面通を歩きだした。

「おともは呼ばんでもよろしかったかいな」

流が声を掛けた。

「今日は京都に泊まります。すぐ近くのホテルを取ったので、ぶらぶら歩いてまいります」

「お気をつけて」

流が一礼すると、こいしはしぶしぶといったふうにそれに続いた。

「なにがどうや知らんけど、わしらの仕事はな」

「余計なことを考えんと、頼まれた食を捜すだけでええ。んやな。分かってるんやけど」

こいしは不服そうに唇を尖(とが)らせた。

2

のぞみ号を降り、京都駅から乗り込んだタクシーは、前回とおなじく跨線橋の上で停まったが、工事中ではなく、ただ赤信号に引っかかっただけのようだ。

二週間経つと空の色がすっかり様変わりする。東山の上に広がる青空を、夏木はじっと眺めていた。

捜している駅弁が見つかったと連絡を受け、夏木は期待に胸を膨らませた。

あの駅弁をもう一度食べれば、お蔵入りさせていた絵も日の目を見ることになるはずだ。

青く澄みわたる秋空のように、誇らしい気持ちになるだろうことは間違いない。画家として生きてきた最後を飾るにふさわしいのは、あの絵をおいてほかにはない。

風景画の集大成ではなく、夏木寧というひとりの画家は、こんな絵も描いていたのだ。世間にそう知らしめたい。

駅弁を捜す目的はそれだけだ。夏木はそう自らに言い聞かせた。

それはしかし、一方で脇道にそれた絵描きと見られる怖(おそ)れもあるだろう。いかに本職の絵描きといえども、まったく異なるジャンルの作品は、どう評価されるか未知数だ。

最大の難題はモデルの女性の正体を詮索されることだが、それは覚悟の上である。

いずれにせよ、人生の終焉(しゅうえん)を迎える前に、けじめをつけることになる。

見覚えのあるしもた屋の前まで来て、タクシードライバーに停車を指示した。

ステッキを使って降り立つと、すぐに流が迎えに出てきた。

「おこしやす。お待ちしとりました」

「ご連絡ありがとう。今日までなんとか生き延びていてよかったです」

夏木はパナマ帽を取って一礼した。

「なにを言うてはりますねん。老いてますます盛ん、っちゅうのは夏木先生のことですがな」

「いやいや。この歳になると、はたしてこの夏を乗り切れるか、と毎年思いますよ」

「今年の夏はことのほか暑おしたさかいな。どうぞお入りになってお座りください。すぐにご用意しまっさかい」

ひじを支え、流は夏木をテーブル席へと案内した。

「よく捜しだしていただけましたね。さすがは元刑事さんだ」

夏木がゆっくりと腰をおろした。

「茜がどない言うとったか知りまへんけど、遠い昔の話で、今はしがない食堂のおやじです。娘の手先でもありまっけどな」

苦笑いを残して、流は厨房に駆け込んだ。

いよいよ腹をくくる時間が迫ってきた。

胸を昂らせてなにかを待つのは、何年ぶりだろうか。この数年の暮らしに欠けていたのはこういう時間だ。

「お待たせしました。最初にお断りしときますけど、容器は当時のもんとちょっと違(ちご)うてます。だいぶ捜したんでっけど、おんなじもんが手に入らなんだんで、似たような容(い)れもんで代用しとります。けど、中身はほとんどおんなじはずです。どうぞゆっくりと味おうてください」

流は夏木の前に紙包みを置いた。

「承知しました。心していただきます」

夏木はじっと紙包みを見つめている。

「土瓶にほうじ茶が入ってまっさかい」

流は土瓶と湯呑をテーブルに置き、厨房へと戻っていった。

足音が消えたのをたしかめた夏木は、手を合わせてから、もどかしげに包みをほどいた。

正直なところ、どんな容器だったか、その形以外はまったく覚えていない。木製だったかプラスティック製だったかも記憶にない。どうやらこの容器は紙でできているようだ。

しかしその中身ははっきりと覚えている。紙のふたを外すと、あのときとまったくおなじものがそこにあった。

ただひとつ違っているのは、その内容を細かく説明する美由紀が、目の前に居ないということだけだ。

あのときとおなじように、まずは竹の皮をほどき、姿を現した栗おこわを箸でくずして口に運んだ。

――栗は残しておいてデザートにするといいですよ――

美由紀はえくぼを作って笑った。

——デザートは笹団子じゃないんですか？——

——その笹団子に栗を載せて食べるんですよ——

秘密めかして耳元でささやく美由紀は、エキゾティックな顔立ちで、胸をどきりとさせた。

どちらかと言えば、人見知りするタイプなのだが、屈託のない美由紀の表情に魅了され、すぐに饒舌（じょうぜつ）な初老の男性に変貌した。

出会ってからわずか十五分ほどで打ち解けた夏木と美由紀は、笑顔を絶やすことなく駅弁を食べ続ける。

その様子は父娘というよりカップルに見えたようで、

——ご夫婦で鉄ちゃんですか。いいですね——

ふたつのカメラを首からさげた、鉄道ファンらしき若い男性に声を掛けられた。

——わたしは鉄子ですけど、主人はぜんぜん鉄分がないんですよ——

すかさずそう切り返す美由紀の横顔に、夏木はますます魅（ひ）かれた。

画家としての人生を歩みだしてから、人物画を描いてみたいと、初めて思ったのがこの瞬間だった。

その思いを叶（かな）えながら美由紀と過ごした数日間は、真紅のバラ色に輝いていた。

と同時に、少年のころに見た夕陽のように、胸をしめつけるような切なさも伴っていた。

永遠に続いて欲しいと願いつつ、それはしかし、あってはならぬことだと思った。

〈毘〉の字が赤く染まったかまぼこ、鱒の塩焼き、鶏の照り焼き。どれもあの日とおなじ味がする。

懐かしくて、せつなくて、夏木は懸命に涙をこらえた。

あの日とおなじ駅弁を食べて、これほど思いがこみ上げるとは思わなかった。

いや、違う。分かっていた。こみ上げるものをたしかめるために駅弁を捜したのだ。

いったん昂った感情を、夏木はもはや抑えられなくなってしまっている。

夏木の頬をひと筋の涙が伝った。もしも今ここに美由紀が居たなら。そう思う自分を責めるしかなかった。

「どないです。おんなじでしたかいな」

厨房から出てきて、流が夏木の傍らに立った。

「ええ。お恥ずかしいところをお見せしてしまって」

夏木はハンカチで顔を覆った。

「いやいや、人間が感情を表に出すのは、決して悪いことやおへん。生きとる証拠です」

流は夏木の肩にそっと手を置いた。

「ありがとうございます。この歳になって、なんともふがいない話です」

かぶりを振って、夏木は背筋を伸ばした。

「人間っちゅうのは、ほんまに弱いもんや思います。いや、夏木先生のことやおへんで。わしも含めて、世間一般のことでっせ」

「どうやってこの駅弁を捜してこられたのか。お聞かせいただけますか」

夏木はハンカチをポケットにしまった。

「承知しました。向かいに座らせてもろてもよろしいかいな」

「どうぞどうぞ」

夏木が腰を浮かせ、手招きした。

「お気付きやったと思いまっけど、上杉謙信公にちなんだ駅弁でして、駅前に立っとる老舗ホテルで作ってましたんや。二〇〇八年ごろまで売ってたみたいですさかい、二〇〇六年の八月に夏木先生が召しあがったんは、これやと思います」

「はい。間違いなくこれだと思います」

向かい合って座るふたりの視線が交わった。

「いつもはのんびりした駅でっけど、ちょうどその年の八月二十六日は〈リバイバル白山(はくさん)〉っちゅう、鉄道ファンに人気の列車が一日だけ運行された日でしたんや。美由紀はんという女性も鉄ちゃんでしたんやろ？　この日と違うたら夏木先生と出会わはることはなかったと思います」

「興味がなかったので聞き流していましたが、そんなようなことを言ってましたね」

「いったん廃止になった、在来線の特急列車が一日だけ走るとなったら、ようけのひとが注目して脚光を浴びる。人間にもそういう瞬間があるかもしれまへんなぁ」

流は、上目遣いに夏木の顔色をうかがっている。

「たしかに。胸の奥底で眠っていた感情が、突如輝きだした。あのときそれを感じたのは偶然だったのか。それとも神さまのいたずらなのか。今思いだしても不思議でなりません」

夏木はテーブルに目を落とした。

「掬子が亡くなる何年前でしたかなぁ。キャンプに行きたいて言いだしよりましてな。焚火(たきび)を見たいていうことでしたんや。奥琵琶湖のキャンプ場へ行って、ふたりで焚火しました。赤々と燃える火をじっと掬子が見つめとったんですけど、疲れよったんか、いつの間にか眠っとりました。いろんな思いが交錯しとったんでっしゃろな。暗(くろ)うて分からなんだんやが、よう見たら涙を流したまま寝とる。さすがのわしもまいりましたわ。風邪ひかしたらあかんさかい、抱きかかえてテントのなかへ連れていったあとですわ。消したはずの焚火が燃え上がりましてな。慌てて消そうとしたら、勝手にすーっと消えていきました。なんやったんやろ。不思議なことが起こるもんやなぁと」

流がしみじみと語った。

「気づかぬままくすぶっていたのでしょうな。とうに消えたと思っていた火が」

夏木は顔を天井に向けて目をつぶった。

「人間っちゅうのは厄介なもんです。若いうちはそうでもないんやが、歳をとると自分の思いとは別のもんが、どっかで勝手にうごめきよる」

流が右の手のひらで左胸を押さえた。

「この歳になって煩悩に迷わされているようではいけませんな」

正面に向き直って、夏木が目をしばたたいた。

「ひとに煩悩はつきもんですがな。ひとを哀(かな)しませることさえなかったら、でっけど」

「そこがもっとも悩ましいところなんです。わたしも早晩あの世へ行くわけですが、向こうで、桜子に合わせる顔がないようなことではいけませんし」

「わしも一緒ですけど、たいがいのことは許してくれよるような気がしてますねん」

「だったらいいのですが」

ふたりは顔を見合わせて笑った。

「ふたりして勝手なこと言うてはるわ」

そう言いながら、こいしが姿を見せた。

「この度はありがとうございました。お顔が見えないので、きっとお嬢さんには見限られたのだろうと思っていました」

腰を浮かせて夏木がこいしに笑みを向けた。

「見限るやなんて、とんでもないです。ただ、うちも女やさかい、亡くなった奥さんの気持ちになって、なんやモヤモヤしてたことはたしかですけど」

こいしは小鼻を膨らませた。

「こいし。余計なことは言わんでええ」

流がたしなめた。

「お嬢さんのおっしゃる通りです。ひとの倫（みち）に外れるようなことはしていなくても、心が迷い込んでしまっていたことはたしかですから」

「人間、長いこと生きとったら、いろんなことがありますがな。心っちゅうのは気まぐれなもんでっさかい」

「そう言っていただくと、少しは気が楽になります。この駅弁を捜していただいたおかげですっきりしました」

夏木は心を決めたのか、晴れやかな顔をふたりに向けた。

「よろしおした」

流が大きくうなずいた。

「お役に立てたんやったら、よかった思うてます」

こいしは顔をゆがめながら笑った。

「いろいろとご迷惑を掛けました」

夏木がゆっくりと立ちあがった。

「どうぞお気を付けて」

流がステッキを手わたした。

「料金はたしか振り込むんでしたな」

夏木がこいしに顔を向けた。

「はい。お気持ちに見合う金額をこちらの口座にお願いします」

こいしがメモ用紙を差しだした。

「承知いたしました。鎌倉に戻りましたら早急に」

受け取った夏木は、二つ折りにして胸ポケットにしまい込んだ。

こいしが店の引き戸を開けると、秋風が吹き込んできた。

「ついこないだまでは熱風でしたけど、今日はえらい爽やかな風ですな」

夏木に続き、流が店の外に出て空を見上げた。

「あっという間に冬が来るのでしょうな」

腰を伸ばして、夏木もおなじ空を見上げた。

「冬を越したら、また春が来ますがな」

「さぁ、どうでしょう」

苦い笑みを浮かべて、夏木は正面通を西に向かって歩きだした。

「今日も京都にお泊まりですか?」

「その予定です」

こいしの問いかけに、立ち止まって夏木が答えた。

「ご安全に」

流が和帽子を取って一礼すると、夏木もおなじ仕草を返した。

長い時間を掛けて見送ったふたりは、ゆっくりと店に戻った。

「なんかなぁ」

店に入るとすぐ、こいしは不満そうな顔をしてパイプ椅子に腰かけた。

「依頼人がすっきりしたて言うてはるんやから、一件落着やがな」

流はその隣に腰をおろした。

「向こうはすっきりしはったかもしれんけど、うちはぜんぜんすっきりせえへんわ」

「長いこと探偵やっとるんやさかい、そういうこともあるわな」

「けど、どないしはるんやろ。やっぱり公開しはるんやろか」

「どっちでもええがな」

「お墓のなかの奥さんがショック受けて、化けて出てきはるんと違うやろか」

「さぁ、どうやろ。神のみぞ知る、っちゅうやつやな」

立ちあがって、流は仏壇に向かう。

「奥さんはきっと気付いてはったと思うな。そういうとこは女の勘がはたらくさかいに」

こいしがあとに続く。

「こいしはこない言うとるけど、どない思う？」

仏壇の前に座って流が掬子の写真を見上げた。

「お母ちゃんはだまされへんかったもんな。ほんまに男のひとて油断もすきもないんやし」

頬を膨らませて、こいしが線香をあげた。

「掬子にはつらい思いをさせたかもしれんけど、だましたてなことはいっぺんもない。そやな？　掬子」

流が手を合わせると、こいしはホッとしたような顔をして目をとじた。

第三話　イタリアン

1

　秋も深まった十一月の半ば。池上朝子が倉敷の自宅を出たのは朝十時過ぎだった。厚手のコートにすべきかどうかを迷い、外気の冷たさを感じて、黒いフラノのコートに着替えなおすうち、予定より十分ほど遅れてしまった。

　だが在来線から東海道・山陽新幹線に乗り継ぎ、のぞみ号に乗れば、岡山から京都まではわずか一時間ほどである。目指す『鴨川探偵事務所』には間違いなく昼前に着くはずだ。

その探偵事務所は食堂を併設していて、美味しい料理が食べられると聞いたが、いきなり行っても大丈夫なのだろうか。

なにしろそこは京都なのだ。一見さんお断りという店も少なくないと聞く。

少しばかり空腹を満たしてから行くべきか。それとも、せっかくだから、期待を込めてなにも食べずに向かうべきか。

暖房の効いた車内で移りゆく車窓の風景を眺めながら、朝子はずっと迷っていた。

どんなに迷っても、誰もアドバイスなどしてくれない。いつも、なにもかも自分で決めてきた。

遠くに海を望む神戸の街を過ぎ、やがて高層ビルが建ち並ぶ、大阪の街並みへと車窓が移りゆく。

どちらもひとり旅の思い出しかない。

日常の些末なことから、人生の一大事まで、夫の直輝が助言してくれたことなどめったになかった。夫婦とはそういうものだと思って朝子は生きてきた。

結婚してしばらくは、無関心を貫く夫に対し、不平不満を並べたてて責めることもあったが、やがてそれはあきらめに変わった。

お金さえちゃんと稼いで家に入れてくれればそれでいい。そう思うことにしたのだった。

自分の思いどおりに生きる。まるでそれが信条でもあるかのように、直輝は勝手気ままに生き、古希を迎えてすぐに死んでいったのはちょうど一年前のことだ。

なぜ直輝を夫に選んだのか。ずっとその疑問はつきまとっている。

いつしか同窓会へ行かなくなったのも、そのせいだ。

女子高の同級生たちには、夫の悪口を言いあいながらも、最後にはのろけを聞かされるはめになる。夫との関わりがほとんどない朝子は、夫婦仲について話すことなどなにもなかった。そんな同窓会など行ってもまるで愉しくない。

同級生のしあわせそうな顔を思いだすうち、のぞみ号は京都駅に着いた。

空腹と言ってもそれほどではない。もしも食事が叶わなければ、それはそれでいい。目的はあくまで食を捜すことなのだから。

そう自分に言い聞かせた朝子は歩みを早め、中央改札口を出て烏丸通を北に向かった。

その食がどういうものだったのか。どうでもいいと思ってきたのが、ふと気になりだしたのは半年ほど前のことだ。

直輝がどこでなにをして、なにを食べようが、いっさい気に掛けることなく過ごしてきた。それは直輝が亡くなってからも変わることがなかったのに、あのノートのせいで胸がざわざわと騒ぎだしたのだ。

遺品を整理していて見つけたノートの文面は諳んじられるほど、何度も読み返した。今も胸の裡でそれを繰り返すと、直輝を踏みつけてやりたくなるほど、足に力が入る。

大きな靴音を立て、足早に正面通を歩く朝子は、それらしき建屋を見つけて立ちどまった。

看板も暖簾もないが、飲食店独特の匂いが漂うしもた屋。〈料理春秋〉の編集部で教わったとおりである。

頼るのはいつも自分の直感だ。ここに間違いなかろうと、朝子はゆっくりと引き戸を引き、声を掛けた。

「こんにちは。どなたかいらっしゃいますか?」

「お食事でっか?」

藍色の作務衣を着て、おなじ色の和帽子をかぶった男性が顔を見せた。

「食を捜していただきたくて伺ったのですが」

朝子は敷居の外に立ったまま答えた。

「そうでしたか。わしは食堂の主人で鴨川流と言います。探偵のほうは娘のこいしが所長です。まぁ、どうぞお入りになってください」

流が招き入れた。

「ありがとうございます。池上朝子と申します」

戸口で脱いだコートを、朝子はていねいに畳んで腕に掛けた。

「池上さんはどちらからお越しになったんです？」

朝子が持つ大きめのトートバッグに流が目をとめた。

「倉敷からまいりました」

「遠いとこからご苦労さんですな。どうぞお掛けください」

流がパイプ椅子を引くと、朝子はゆっくりと腰をおろした。

「〈料理春秋〉の広告を拝見して、居てもたってもいられなくて。突然伺ってご迷惑ではありませんでしたか？」

「とんでもおへん。不親切な広告やのに、よう辿りついてくれはりました。野暮用で出掛けとりますんやが、こいしもじきに帰ってくる思います。池上さん、お腹のほうはどないです？　おまかせでよかったらお昼をご用意させてもらいまっけど」

「いいんですか？　美味しいお食事をいただけると編集部のかたにお伺いしていたのですが、突然だとダメかしらと思っていました。ご迷惑でなければぜひ」

決断が正しかったことにホッとした朝子は目を輝かせた。

「なんぞ苦手なもんはおへんか」

流が訊いた。

「特にはありませんが、この歳になりますとお腹が小さくなって。量を控えめにしていただけるとありがたいです」

「承知しました。お飲みもんはどうなさいます？　日本酒でもワインでも焼酎でも、大したもんやおへんけど、ひととおり揃えてますんで」

「せっかくですから焼酎をいただこうかしら」

「ストレート、ロック、お湯割り、どないしまひょ？」

「じゃあロックでお願いします」

「承知しました。すぐにご用意しまっさかい、ちょっとだけ待っとぉくれやっしゃ」

流は急ぎ足で暖簾の奥に入っていった。

ベージュのパンツスーツはウール地なので、暖房のない、がらんとした店のなかでも肌寒さは感じない。

誰もいない食堂のなかを、朝子はぐるりと見まわした。

電話で編集者から聞いたとおり、どう見ても飛び切りの料理が出てくるような設え(しつら)ではない。だが、美食を誇る京都の街でも指折りの食事が食べられるのだそうだ。

話半分でよかろうと思いつつ、なにごとも外見で判断してはいけないということは、長い人生のあいだ、身に沁(し)みて実感してきた。

過ぎない程度の期待を胸に、朝子は深く腰掛けなおした。

「先に焼酎をお持ちしました。氷と一緒に瓶ごと置いときまっさかい、好きなだけ飲んで待っとってください」

流は焼酎の一升瓶とアイスペールをテーブルの端に置いた。

「酔っぱらってしまったら、肝心のお話ができないので、気を付けないといけませんね。見たことのない焼酎です」

朝子は苦笑いしながら眼鏡(めがね)を掛け、一升瓶のラベルに目を近づけた。

「『だいやめ』っちゅう薩摩(さつま)の芋焼酎でっけど、香りがようて飲みやすいんですわ」

薩摩切子の赤いグラスに氷を入れた流は、ゆっくりと一升瓶をかたむけた。

「ほんと。ライチみたいな香りがしますね」

朝子がグラスを手に取った。

「急いで用意します」

流が下駄(げた)の音を鳴らして戻っていった。

少しなめるつもりが、口当たりのよさに思わずごくりと飲んでしまった。

芋焼酎とは思えない、香りと喉越しのよさに驚いた。

出張仕事ばかりだった直輝のせいで、子どもたちが巣立ってからの夕食はたいていひとりだった。

晩酌をする習慣のない家で育ったから、夕食のときに酒を飲むなど考えられなかったが、ひとりで夕食を摂(と)る寂(さび)しさを紛らわすように、いつの間にか当然のように晩酌をするようになった。晩酌を愉しみにして一日を過ごすまでになってしまったころからは、ずっと芋焼酎だ。夏は水割り、冬はお湯割りと決めていて、毎晩二合ほど飲んでいる。

美味しいからではなく、憂さを晴らすために飲む。そんな酒が身体(からだ)にいいわけがない。分かってはいるのだが、そうでもしないと眠れないのだ。

薩摩切子のロックグラスには氷だけが残り、一升瓶を両手で持ちあげた朝子は、ゆっくりとかたむけ、赤いグラスを焼酎で満たした。

「お待たせしてすんまへんでしたな。今日は秋らしい朱塗りの折敷(おしき)に盛ってみました」

流は朝子の前に長方形の折敷を置いた。

「きれいなお料理ですこと」

グラスを手にしたまま、朝子は折敷の上を見まわした。

「今年も季節がおかしいなってしもて、旬やら名残りが狂うとるんですが、堪忍しとおくれやっしゃ」

「なにをおっしゃいますやら。異常気象は誰のせいでもないと思いますよ」

「簡単に料理の説明をさせてもらいます。左の上から、名残り鱧の揚げ出し、お味は付いてますんで、そのままどうぞ。その右横は賀茂茄子の田楽。例年やったら、とうに終わっとるんでっけど、今年はなんでか知らん、今の時季でもよう出回ってます。上の段の右端はラム肉のフライです。バジルを混ぜたパン粉で揚げてます。粉チーズと岩塩を振って召しあがってください。その下は〆鯖のマリネ。薄切りにしたスダチとショウガを巻いて食べてください。その左は伊勢海老の旨煮。八角とオイスターソースで中華ふうの味に仕上げてます。豆板醤をちょこっと載せても美味しい思います。真ん中の段の左端は近江牛の湯引きです。ワサビ醤油で召しあがってください。その下は鰻の小袖寿司。実山椒のつぶしたんを添えてますんで、お好みで載せて食べてください。下の段の真ん中は鯛の天ぷらです。抹茶塩で食べてみてください。その右はハマグリの真蒸。柚子を絞ってもろたら後口が爽やかや思います。今日の〆は小さい玉子丼を用意してまっさかい、ええとこで声掛けてください」

説明を終えて、流がにっこりと微笑んだ。

「こんなご馳走をいただくのは何年ぶりかしら。口が腫れそうですわ」

朝子が流に笑みを向けた。

「そうとうお強いみたいですな」

流が焼酎瓶を横目で見た。

「お恥ずかしいこと。若いころはほとんど飲めなかったのですが、毎晩ひとりでご飯を食べるうちに、こんなありさまです」

朝子は首をすくめて苦笑いした。

「存分にやっとぉくれやす」

言い置いて、流が下がっていった。

あれこれ詮索されるのがいやで、友だちとの会食も極力控え、いつもひとりだが、たまの外食は思い切って贅沢をしてきた。

地元倉敷はもとより、岡山、広島、神戸と星付きの名店も何軒か食べ歩いた。

最初のころは、ひとりでフレンチを食べていると、侘しさを感じたものだが、それもいつしか慣れてしまい、周りの目も気にすることなく、ひとりで美食を愉しむのは、人生唯一の歓びだと感じるようにまでなった。もしもこれがなければ心が病んでいたかもしれない。そう思うほどだ。

そんな経験を積んできたおかげで、この食堂の料理は相当高いレベルにあると、食べる前から分かる。

朝子が最初に箸を付けたのは、近江牛の湯引きだ。

まずは、素材の良し悪しを判断できる、ほとんど手を加えていない料理を食べてみる。

いかにも食通のように聞こえるだろうが、ただの受け売りに過ぎない。新婚旅行で伊豆の宿に泊まったとき、直輝が口にした言葉をいつまでも覚えているのは不思議で仕方がないのだが。

近江牛というのは霜降りが強く、しつこさが舌に残るというイメージだったが、いともたやすく覆されたのは、素材の選び方が秀でているからだろうか。

マグロに譬えるなら、トロではなく赤身。口に入れてすぐにとろけることはないが、かといって硬いわけではない。大きな入れ歯でもすぐに噛みきれ、得も言われぬ妙なる肉汁があふれ出る。

肉の次に箸を付けたのは鯛の天ぷらだ。

熱々とまではいかないものの、揚げたてであることが分かるほどに温かい天ぷらは、実に軽やかだ。油のキレもよく、レアに揚がった鯛は、刺身でも食べられるだろうと思わせる鮮度である。

ロック焼酎で喉を潤してから、名残り鱧の揚げ出しを口に入れた。

京都で食べる、というのはこういうことなのだろう。鱧は思わずうなってしまうほど美味しい。

揚げ物を続けて食べているのに、まったくくどさを感じない。おなじ白身魚なのに、その味わいはまるで別ものだ。

長年にわたってひとり外食を続けてきたが、寂しさと引き換えに得たものは、味覚の成長だろう。ただただ食べることに専念し、すべての神経を集中させて味わう。女ひとり客だと、料理人も懇切ていねいに教えてくれるから、知識もずいぶんと豊富になってきた。

食通を気取るのは性に合わないから、自分からあれこれ語り掛けることはしない。記憶にとどめ、次の機会にそれを生かす。それがひとり外食の醍醐味だと気付き、自らを納得させてきた。

直輝や家族、友人らと会食することが常だったなら、きっとこの料理の価値など分からなかったに違いない。そう思うと少しばかり得した気分になる。

どちらかと言えば青魚は苦手の部類に入るのだが、〆鯖のマリネには舌を巻いた。〆た魚のマリネというのは重複ではないかと思ったが、食べてみると重畳だと分かった。

おそらくは柑橘を使ってマリネしたのだろう。スライスしたスダチを巻かなくても、爽やかな香りが口に広がる。

もっと早くこの食堂のことを知っていれば、少しは豊かな人生を過ごせただろうに。料理を食べるたびに、そんな後悔が胸をよぎる。

伊勢海老の旨煮は中華ふうの味付けと聞いたので、冷めていればくどい味になるのではと危惧したが、杞憂に終わった。

葛で少しとろみを付けてあり、いくらか辛みも利かせてあるせいか、白いご飯が欲しくなる味だ。

頼めば出してくれそうな気もするが、さすがに初めての店でそこまでの無遠慮ははばかられる。

山椒の実をたっぷり載せて鰻の小袖寿司を指でつまみ、口に放りこんだ。
思わずため息が出るほど美味しい。小袖の棒寿司を一本まるごと買って帰りたいぐらいだ。

ふと気になり始めたのは値段だ。食堂然とした佇まいだからと、気にも留めなかったが、食べ進むうち、そうとうな金額になるのではないかと気がかりになった。

直輝の唯一の取り柄は、家族にお金の心配をさせなかったことだ。必要な額を言えば、いやな顔ひとつせず、気持ちよくわたしてくれた。加えて、好きに使っていいと言われ、朝子名義のクレジットカードも作ってくれた。

多少の高級店でも臆せず入ることができたのは、そのゴールドカードのおかげだ。

直輝にとっては、好き勝手している免罪符のつもりなのだろうと思って、分不相応な贅沢もしてきた。

ところが京都には、カードを使えない店がたまにあるのだ。もちろん電子マネーなど論外で、現金しか扱わないという格式ある店で難渋したことを思いだした。

「どないです？　お口に合うてますかいな」

土瓶と湯呑を持って出てきた流の姿を見ると、杞憂に終わりそうに思えてきた。

「素晴らしいお料理に感服しております。失礼ながら、まさかこんな食堂でこれほどのお料理をいただけるとは、夢にも思っていませんでしたので、ただただ驚いております」

箸を置いて、朝子が頭を下げた。

「そない言うてもらうようなもんやおへん。気の向くままに好きなように料理させてもろとるだけでっさかい」

好きなように、という流の言葉を聞いて、朝子は胸をなでおろした。

「どちらのお店で修業なさったのでしょう。やはり京都の老舗ですか？」

「修業てな言葉を使えるほどのことはしてまへん。独学っちゅうとカッコ付けすぎやと思いまっけど、言うたら見よう見真似ですわ」

「それでこれほどの料理をお作りになるのですから、天賦の才能をお持ちだったのですね」

朝子は感心しきりといったふうに、首を何度も横に振った。

「そない言うてもろたら、お尻がこそぼうなりますわ。奥に引っこんどきますんで、頃合いになったら声掛けてください。丼をお持ちします」

流はそそくさと奥の厨房に入っていった。

まだ半分ほども料理が残っている。朝子は思わずひとり笑いしてしまった。

酔いも相まって、もう食捜しなどどうでもいいような気がしてきた。今さらそれが見つかったとして、なにがどうなるわけでもなく、残り少ない人生に影響を与えるわけでもなかろう。

それよりもこの料理だ。きっと神さまはこの料理と出会わせるために、食捜しという切っ掛けを与えてくれたのだ。

朝子はグラスにたっぷりと焼酎を注ぎ、賀茂茄子の田楽に箸をのばした。

旬を外したと流が言っていたように、たしかに賀茂茄子の旬は夏だが、火を通してもなおみずみずしさが残り、茄子らしい青い香りが、田楽味噌に溶けこんでいる。芳しい焼酎も進み、いつまでも酒食を続けていたいところだが、本来の目的を果たさねばならない。

「すみません」

朝子が遠慮がちに声を上げると、間髪をいれずに流が姿を見せた。

「ご飯ですか？　それとも……」

流が焼酎の瓶に目を向けた。

「お酒のほうはもう充分です。ご飯をお願いします」

朝子が苦笑いした。

「承知しました。すぐにお持ちします」

流が答えるとどうじに店の引き戸が開いた。

「ただいまぁ」

「お帰り。えらい時間食うとったやないか。探偵のほうのお客さんがお待ちかねやで」

「ごめん。ちょっと寄り道してたんよ。こんにちは。『鴨川探偵事務所』の所長をしている鴨川こいしです。どうぞよろしゅうに」

朝子の傍らに立ってこいしが頭を下げた。

「突然お邪魔して申しわけありません。倉敷から参りました池上朝子と言います。こちらこそよろしくお願いいたします」

腰を浮かせて、朝子が丁重に礼を返した。

「奥で用意してきますし、どうぞゆっくりしててください」

テーブルの上を横目で見、こいしが朝子に背を向けて奥へ向かうと、流もそれに続いた。

食堂の主人の娘が探偵だと聞いてはいたが、思っていたより若いことに、朝子はいくらかの不安を抱いた。

若くて活発で整った顔立ち。この場に直輝が居たなら、きっと好奇の目を向けたに違いない。

なんの根拠もないが、長年連れ添って来た直輝の好みは熟知している。

どうでもいいことだ。ほんの一瞬ながら、こいしに嫉妬した自分を朝子は嫌悪した。

「お待たせしました。玉子丼をお持ちしました。ご飯はほんのちょびっとでっさかい、召しあがれる思いますけど、多かったら遠慮のう残してください。ようけ食べてもろたみたいやし」

流が目を遣ると、折敷に盛られた料理はほとんど残っていない。

「お恥ずかしいこと。少食だなんて言っておきながら、ほんとうにみっともないですね。おまけに大酒飲みで」

朝子が両肩をすぼめた。

「とんでもない。人間、食うて飲んでなんぼですがな。ふだんは少食のかたに、こないしてきれいにさらえてもろたら料理人冥利に尽きます」

「そう言っていただくと、少しは気が楽になります。お丼も大好きなんですよ」

玉子丼を前にして朝子が目を輝かせた。

「どうぞごゆっくり召しあがってください。お茶はまだありましたか？」

流は土瓶を手にして重さを推しはかると、元に戻して下がっていった。

ふつうの玉子丼だが、白身がほとんど見当たらず、黄身だけが朱色に輝いている。

ご飯と一緒に箸ですくって口に入れる。思った以上に熱い。口をすぼめて息で冷ましながら噛みしめる。

陳腐な言い方にしかならないが、たかが玉子丼、されど玉子丼。そんな言葉が浮かんだ。

出汁（だし）の利かせ方が絶妙なのだろう。最初は淡く感じたが、少しずつ濃厚な味わいに変わる。うなるほど美味しい。

きっと直輝ならお代わりするだろう。凝った料理よりも、味のはっきりしたひと皿ものを好んで食べていた直輝は、たまに家で食事するときも、麺類や丼、ライスものをリクエストしていた。

料理は作るより食べるほうが好きな朝子にとって、まさに渡りに船だった。

おそらく多くは期待していなかったのだろう。文句ひとつ付けたことはなく、いつも残さずに食べていた。

美味しいともまずいとも言わず、旅先での仕事の話ばかりしていた直輝の顔を思い浮かべると、妙に懐かしさをおぼえた。

丼も残さず食べきり、折敷を見るとほとんど空になっている。そうとうの量がお腹に入っているはずなのに、それほどの満腹感がないのはなぜなのだろう。

「丼はどないでした？」

箸を置くとすぐに流が出てきた。

「とても美味しくいただきました。こんなにたくさん食べたのはいつ以来か、記憶にないほどです」

「よろしおした。一服なさったら奥へご案内しますさかい声を掛けてください」

流が両手で折敷を抱えた。

「もう大丈夫ですよ。ご案内くださいませ」

朝子がハンカチで口元を拭った。

「そない急いてもらわんでもええんでっせ。ゆっくりしてもろたら」

両手で折敷を持ったまま、流が朝子に顔を向けた。

「むかしからせっかちな性格なので」

言いながら朝子が立ちあがった。

「なんや、わしが急かしたみたいになってしもうて、すんまへんなぁ」

厨房の傍を通り抜け、長い廊下の先を歩く流が振り向いた。

「いいえ。充分ゆっくりさせていただきましたから。それより、この写真のお料理はぜんぶ鴨川さんがお作りになったのですか？」

廊下の左右の壁にぎっしりと貼られた写真に、朝子は立ちどまって目を近づけている。

「無精なもんやさかいレシピを書き残しまへんのや。写真に撮っとくと思いだしますねん」

立ちどまって流が苦笑いした。

「よくぞこれほど多種多様な料理をお作りになるものですね。ただただ感心するばかりです」

朝子は左右の壁を交互に見ながら、ゆっくりと歩を進めている。

「好きやなかったらできまへんやろな。料理を作って、ひとさんに食べてもらうのが、わしの性に合うてましたんや」

流は朝子の歩みに合わせ、何度も立ちどまった。

「こちらの写真は奥さまですか？　鴨川さんがこうして料理を作っておられるあいだ、奥さまはどうなさってたのですか？」

朝子が訊いた。

「どうしとったんですやろなぁ。あきれとったんと違いますか。掬子は死ぬまで、わしの好きなようにさせてくれました。ありがたいことや思うてます」

「そうでしたか。亡くなられたのですか。まだお若かったでしょうに」

朝子が声を落とした。

「あとはこいしにまかせますんで」

突き当たりのドアを流がノックした。

「どうぞお入りください」

ドアノブを持ったまま、こいしが朝子に顔を向けた。

「お待たせしましたね」

朝子は急ぎ足で部屋に入った。

「どうぞお掛けください」

こいしがロングソファを勧めると、朝子はゆっくり腰をおろした。

「よろしくお願いします」

「早速ですけど、こちらに記入してもらえますか」

向かい合って座ったこいしが、ローテーブルにバインダーを置いた。

「はい」

短く答えた朝子はバインダーをひざの上に置き、眼鏡を掛けた。

「コーヒーかお茶かどっちがよろしい？」

「お茶をいただきます」

こいしの問いに、ペンを動かしながら朝子が答えた。

こいしがほうじ茶を淹れる横で、朝子は時折り考えこみながら、几帳面に字を連ねた。

「熱いので気ぃ付けてくださいね」

こいしは茶托に載せた唐津焼の湯呑を朝子の前に置いた。

「こんな感じでよろしいかしら」

朝子がこいしに向けて、バインダーをもとの位置に戻した。

「池上朝子さん。倉敷でひとり住まいされてるんですね。七十一歳。一年前に亡くなったご主人は直輝さん。おない年やったんや」

こいしはバインダーの横でノートを開いた。

「ええ」

朝子は湯呑に口を付けた。

「それでどんな食を捜してはるんですか？」

こいしがペンをかまえた。

「イタリアンです」

朝子がこいしの目をまっすぐに見た。

「イタリアン。スパゲティですか？」

「だと思います」

「思います、ていうことは、朝子さんが食べはったんと違うんですね」

「ええ。主人が食べたものです」

「亡くなったご主人が食べはったイタリアンスパゲティを捜してはるということですね」

こいしの問いかけに、朝子は黙ってうなずいた。

「食べてはらへんけど、そのイタリアンはご覧になったんですか？」

「いいえ。見ておりません。話に聞いただけで」

「食べても見てもやはらへんイタリアン。そのお話を詳しいに聞かせてもらえますか」

茶をすすり、こいしがノートにスパゲティのイラストを描いた。

「出張仕事ばかり、年中飛び回っているぐらい元気な主人でしたが、舌癌になってしまいましてね。ヘビースモーカーの大酒飲みでしたから仕方なかったのですが。半年ほど抗癌剤治療を続けていたのですけど、やはり手術をしないともたないと医者から言われましてね」

こいしが黙って聞いていると、ほうじ茶で喉を潤し、湯呑を手に朝子は話を続けた。

「手術をすると、口からものを食べることができなくなるということで、主人はだいぶ抵抗したのですが、最後には覚悟を決めたようです。最後になるので、なんでも好きなものを食べていいと言われて、主人が選んだのがイタリアンだったそうです」

朝子が湯呑を茶托に置いた。

「そうです、ていうことは、ご主人の最後のご飯のことを朝子さんは知らはらへんかったんですか？」

「コロナのせいもあって、ほとんど面会しなかったんです。たいていのことはＬＩＮＥで連絡を取り合うだけで。最後の食事になるということだけは聞いていましたが、どうせわたしの料理など希望しないだろうし、好きなものを食べればいいと思っていました」

「失礼な言い方になる思いますけど、ご主人は朝子さんの料理を好きやなかったんですか？」

こいしが上目遣いで訊いた。

「好きだとか嫌いだとか以前に、わたしの料理を食べる機会がめったになかったんです。そもそも、ほとんど家に居ませんでしたから」

朝子は小さくため息をついた。

「ご主人はそない忙しいしてはったんですか？」

「主人は元々岡山のデパートでバイヤーをしていたのですが、独立して物産展をプロデュースする会社を興したんです。倉敷や岡山、広島近辺の特産品を集めて、地方のデパートや公共施設で催事を開く仕事で、一年中飛び回っていましたから、月に一度ぐらいしか帰ってきませんでした」

「寂しかったでしょう」

こいしが顔を曇らせた。

「すぐに慣れましたね。バイヤーをしていたころから、それに近い生活でしたから。若いかたはご存じないかもしれませんけど、〈亭主元気で留守がいい〉というテレビコマーシャルが流行(はや)ったぐらい、それがふつうだと思っていましたし。お金はちゃんと入れてくれて、経済的に不自由することもなかったので、ふたりの子どもと三人で暮らすのはいやじゃなかったですよ」

朝子は明るい声で言った。

「そういうもんなんですね。うちも似たようなもんやったかも」

「亡くなったお母さまは、お父さまのことを、どう言ってらっしゃいました？」

「お母ちゃんは、なんにも言わはらへんかったなぁ。お父ちゃんはほとんど家にやはらへんかったけど」

「愚痴をこぼしたりもなさらなかったのですか？」

「ほかのひとには言うてはったかもしれんけど、うちはほとんど聞いたことありません」

こいしがきっぱりと言いきった。

「そうですか」

朝子はソファの背にもたれかかった。

「朝子さんは、ご主人が仕事で留守がちやったことを不満に思うてはったんですか？」

こいしが切りかえした。

「仕事だけならいいんです。家に帰って来ない日が多かったのには、ほかに理由があったんです」

朝子は険しくゆがめた顔を天井に向けた。

「ほかに……ですか」

こいしが遠慮がちにつぶやいた。

「むかしの船乗りさんは、港々に、と自慢していたようですが、主人も似たようなものでした」

朝子が吐き捨てるように言った。

「そっちのほうでしたか」

こいしはノートに女性の絵を描きかけ、あわてて塗りつぶした。

「隠すのなら、まだ可愛げもあるのですが、自慢げにそういう話をするのですから、子どもたちも可哀そうでしたよ」

朝子が顔をしかめた。

「男のひとて、そういうとこありますよね」

「あなたのお父さまはそんなことなかったでしょ」

朝子が語気を強めると、こいしはビクッと背筋を伸ばした。

「は、はい。お父ちゃんは、そういうことはあんまり……」

「仕事だと言えばなんでも通ると思ったら大間違いですよ。こっちはすべてお見通しなのですから」

鼻息を荒くして、朝子は両肩を上げ下げした。

「朝子さんのお気持ちはようよう分かりました。けど、そない思うてはるのに、なんでそのイタリアンを今になって捜そうと思わはったんです？」

こいしが話を本筋に戻した。

「お恥ずかしい話ですが、聞いてもらわないと捜せないかもしれませんから、恥を忍んでお話しします」

朝子がほうじ茶を飲みほした。

「差しさわりのない範囲で」

こいしがほうじ茶を注ぎたした。

「コロナのせいもあって、遺品のうちのいくつかは焼却されました。残ったものも大して興味がなかったので、そのままにしておいたのですが、病室で主人が付けていた日記のようなノートを見つけましてね」

朝子はトートバッグに手を入れて、小さなノートを取りだした。

「そういうので、なかを見るの勇気要りますよね。見たらあかんもんを見てしまいそうで」

こいしは眉をひそめた。

「読まずに燃やしてしまおうかと思ったのですが、魔が差したというか、読んでおかないといけないような気がして」

朝子はノートをローテーブルに置き、こいしに向けて開いた。

「読んでもええんですか」

こいしは、おそるおそるといったふうに、ノートを手元に寄せた。

「若いお嬢さんには、お目汚しにしかならないと思いますけど、ごめんなさいね」

病室のベッドに横たわりながら綴(つづ)ったのだろう。お世辞にも達筆とは言えない、クセのある字が乱雑に散らばっている。

朝子はこいしを横目に見ながら、唇をまっすぐに結んでいる。

だが、その内容はたやすく理解できるもので、こいしは何度も顔をしかめ、小鼻を膨らませながら字を追った。

「そういうことなんです」

こいしがノートを閉じると、朝子が口を開いた。

「よう破らんと残してはりましたね。うちやったら引き裂いて燃えるゴミに出しますわ」

眉をひそめたこいしが吐き捨てるように言った。

「――人生最後の食事は綾子(あやこ)との夏の思い出が詰まった、あのイタリアンにしたい――。よくぞぬけぬけと書けたものでしょ」

憤懣(ふんまん)やるかたないといったふうに、朝子は肩をいからせ、鼻息を荒くした。

「綾子さんてどなたなんです？」

こいしがこわごわ訊いた。

「よくは知りません。どこかの地方の催事で知り合った女性なんでしょう。そんな名前の女性のことをよく話していましたから。仕事仲間で気が合う女性だと言ってましたが、これを読むと、愛人みたいな存在だったんじゃないですか」

朝子は鼻で笑ったが、目は笑っていない。

「会わはったことは？」

こいしはノートに女性のイラストを描いている。

「あるわけないでしょ。顔も見たくありません」

朝子がぴしゃりと言いきった。

「そらそうですよね」

こいしがまたイラストを塗りつぶした。

「そういうことだろうとは思っていましたけど、こうしてあのひとの字で書き残されると、怒りがふつふつと」

目を三角にし、朝子が震えるこぶしを握りしめた。

「夏の思い出て意味深ですねぇ」

そう言って朝子の表情に気付いたこいしは、あわてて口をふさいだ。

「さすがにお盆のときだけは家に帰ってきましたが、お盆が明けると毎年そそくさと、その綾子に会いに行っていたみたいですよ」

「仕事ていう名目やから、止められへんかったんですね」

こいしはノートにお札のイラストを描いた。

「とっくにあきらめていましたし、止めようと思ったことはありませんでしたね。申しわけ程度にお土産(みやげ)を持って帰ってきて、ああ、またあそこなんだ、と思ったぐらいで」

「そうかぁ。お土産でどこに行ってはったか分かる、ていうぐらいで、今はどこに行ってはるとかは、伝えはらへんかったんですね」

「こっちも、いちいち気にしていたらキリがありませんし」

表情こそ冷めているが、朝子の視線は小さなノートを射貫(いぬ)くほど鋭い。

「うちが食を捜す探偵をはじめてから、だいぶ経ちますけど、こない恨んではる食を捜すのははじめてです。朝子さんは、なんで今それを捜そうと思わはったんです？」

こいしの質問には、疑問だけでなく、いくらか非難めいた気持ちが込められているようだ。

「自分でもよく分からないんです。これを読んだときは、想像すらしたくないと思ったのですが、日が経つにつれて、最後にそれを食べたいと思った、主人の気持ちをたしかめておきたいと思うようになったのです。コロナのせいとは言え、最期に立ち会わなかったという後悔も少しはあるかもしれません。でも一番気になったのは、その綾子という女性との夏の思い出、です。おかしな言い方になるかもしれませんが、あちこちに居た親しい女性のなかで、なぜ綾子だけ特別だったのか。その秘密がイタリアンにあるような気がして」

うつむき加減の朝子は、いくらか冷静さを取り戻したようだ。

「うちみたいな経験の浅い女には、なかなか理解できひん複雑な気持ちがあるんでしょうね……。ひとつ訊いてもいいですか」

「なんでしょう」

朝子が顔を上げた。

「失礼な言い方になる思いますけど、堪忍してくださいね。さっきからお話を聞いてて、ずっと不思議やったんですけど、なんで直輝さんと結婚しはったんです？」

こいしが単刀直入に訊いた。

「彼がわがままなひとだったからでしょうね」

間髪をいれることなく朝子が即答した。

「ますます分からんようになりました」

こいしは苦笑いしながら、ノートにちょんまげ姿の侍をいたずら描きした。

「わたしが育った家は俗に言うかかあ天下でしてね。なんでもかんでも母の言うがままの父だったんです。いつも母にこびてばかりの父が大嫌いでした。小さいころから、それと正反対の亭主関白に憧れていました。就職してすぐに出会った直輝が理想の男性に見えたんです。仕事ぶりも今で言うパワハラそのものだったのですが、それが頼もしく見えてしまって」

「そういうもんなんですかねぇ。うちにはまったく」

こいしは何度も首をかしげた。

「それでいて、すごくやさしいときがあったんです。きっとこのひとなら一生わたしを守ってくれる。そのためならなんでも好きにさせてあげよう。そう心に決めて一緒になったんです」

「分かるような、分からへんような」

こいしはノートにクエスチョンマークを並べた。

「うちは代々土地持ちの裕福な家でしたから、仕事らしい仕事もせず、かと言って趣味に没頭するわけでもなく、母の小間使いばかりしている。そんな父をずっと嫌悪してきた反動だったと思います」

「その反動やというのも分からへんこともないんですけど、朝子さんみたいな聡明な女性やったら、ご主人の性格からして、先々どういうことになるか読めたと思うんですけど。それでも一緒にならはったんは、やっぱり男性として好きやったからでしょ？」

「直輝の生い立ちに同情したことも、一緒になるきっかけになっただろうと思います」

こいしが問いかけると、朝子は宙に目を遊ばせた。

「どういう意味です？」

こいしがノートのページを繰って、ペンをかまえた。

「うちとはなにもかも正反対で、直輝の家は極貧だったうえに両親が早くに離婚してしまったんです。もの心ついたころから直輝は、五歳下の妹さんと一緒に施設で育てられたそうです」

朝子がローテーブルに目を落とした。

「そうやったんや。気の毒に」

こいしは眉根を寄せた。

「思いだしたくないのか、そのことは多くを語りませんでしたが、両家が集う結婚式はせず、入籍だけして神社へお参りに行った日を結婚記念日としたことで、池上家の事情がなんとなく分かりました」

「今の時代はそういうケースも珍しないと思いますけど、その当時やったら異例やったでしょうね」

「例によって父は無関心というか、母の顔色ばかり窺って(うかが)いましたが、母には猛反対されました。どこの馬の骨とも分からない、と言って直輝をののしりましたし、結婚を強行するなら勘当するとまで言われました」

「ふつうそういうこと言うのは父親やけどなぁ」

「うちはいつも逆でした。直輝は親なし子だと自虐的に言ってましたが、明るい調子だったので、悲愴感などはまったくありませんでしたね。今になってみると、過去を振り返ってひとを恨んだりすることがなかったのは、直輝の唯一の長所だったように思います」

朝子の表情がかすかに明るくなった。

「せやけど、やっぱりイタリアンのことは許せへんのですね」

「許すとか許さないとかではなく、あのひとと、その綾子っていう女性がどういう関係だったのかが知りたいだけなんです」

「ご承知やと思いますけど、うちはあくまで食を捜す探偵なんで、ひと捜しはしてへんのですよ」

「それは重々承知しております。わたしも綾子という女性を捜しだして、どうこうしようというつもりは毛頭ありません。そのイタリアンという食べものが見つかれば、なぜ主人が最後の食にそれを選んだかが分かるような気がするんです。長年のあいだ夫婦として連れ添ってきて、たいていのことは許してきましたし、今もその気持ちに変わりはありません。むしろあのひとの好きなように生きさせてあげたことは、わたしが望んだことでもあるんです。ただただ、最後のなぜ？　を解決しておきたいだけなんです」

朝子の瞳にたまる涙は今にもあふれそうだ。

「分かりました。なんとかお父ちゃんにがんばってもらいましょう。て言いたいとこなんですけど、もうちょっとヒントがないと捜しようがない思うんです。綾子さんはどこのどういうひとなんか、もご存じないんでしょう？　せめて地名だけでも分かったら……」

こいしが頭を抱えると、朝子はトートバッグからコインケースを取りだした。

「遺品のなかにこんなものがありました。わたしはパソコンとかはまったくやらないので分からないのですが、このカードのなかにヒントがあるかと思って持ってきました」

コインケースから小さなポリ袋を取りだして、朝子がこいしに手わたした。

「失礼します」

受け取ってこいしはチャックを開け、五枚のデータカードをローテーブルに並べた。

「こんな小さなカードでお役に立てるものやらどうやら分かりませんが」

朝子はそれを横目で見ている。

「百二十八ギガバイトのSDカードが五枚やったら、かなりの資料やと思います。収支計算、取引先、出張記録……、中身を拝見してもええんですか？」

一枚ずつ手に取りラベルの文字を読みながらこいしが訊いた。

「どうぞどうぞ。会計士さんから戻ってきたものですし、もう会社も解散して清算も済んでいるようですから。でも、プライベートなことはいっさい記録されていないということでしたから、たいして役に立たないかもしれませんよ」

「けど、綾子さんていう女性は、ご主人のお仕事相手やったんでしょ？　それやったらなんか手掛かりがあるんと違うかなぁ。おあずかりしときますね」

こいしはSDカードを一枚ずつポリ袋に戻した。

「仕事だというのも言い訳に過ぎなかったかもしれませんしね」

朝子は冷ややかにこいしの手元を見た。

「このデータカードの中身次第ですけど、食を捜すのにだいたい二週間ぐらいは掛かると思います。それでよろしい？」

「急ぐわけではありませんから大丈夫です」

「せいだいお父ちゃんにきばってもらいます」

こいしがノートを閉じてペンを置いた。

ふたりが食堂に戻ると、流は仕込みの真っ最中だった。

「あんじょうお聞きしたんか」

厨房との境に掛かる暖簾のあいだから、流が顔をのぞかせた。

「長々とお話をして失礼しました」

朝子は流に顔を向けた。

「このカードの中身によるけど、けっこうな難問やと思うえ」

こいしが小さなポリ袋をちらつかせた。

「なんやそれ？」

首を伸ばして流が目を細めた。

「ここに秘密がいっぱい詰まってる、かどうかは分からへんけど」

こいしが朝子に目くばせした。

「ご面倒を掛けますが、どうぞよろしくお願いいたします」

一礼して、朝子がコートを手にした。

「せいだいきばらせてもらいます」

厨房から出てきた流は手ぬぐいで手を拭った。

「これから倉敷へ帰らはるんですか？」

こいしが店の引き戸を引いた。

「せっかくの京都ですから一泊して、のんびりしようと思っています」

「例年やったらようけの観光客であふれるんでっけど、今年は空いとりまっさかい、のんびりできる思います」

流が送りに出てきた。

「ありがたいような、寂しいような、ですけどね」

コートを着て、朝子がトートバッグを肩に掛けた。

「見つかったら連絡しますね」

「ありがとう」

こいしと目を合わせて、朝子は正面通を西に向かって歩きだした。

「なにを捜してはるんや」

朝子の背中を見ながら流が訊いた。

「イタリアン」

おなじほうを見ながらこいしが答えた。

「イタリア料理か？　スパゲティか？」

「話の流れからしたらスパゲティやと思う。なんでやしらんけど、いつやったかの依頼とよう似てて、最後の食に何を食べたいか、ていう話やねん」

「コロナのせいもあって、それだけ末世を身近に感じるひとが多いっちゅうことやろ」

「うちらが呑気すぎるんかな。そんなこと思うたことないわ」

「それはええとして、その食を捜すのにそんなカードが役に立つんかいな」

流がこいしの手を見下ろした。

「それはどうや分からん。じっくり見てみんとな」

こいしは流の背中をたたいて店に戻った。

2

二週間待つつもりをしていたが、こいしから連絡が入ったのは十日後のことだった。

きっとあの小さなカードにヒントがたくさん記録されていたのだろう。

ありがたいと思う半面、直輝のすべてがさらけ出されたのかもしれないと思うと、自分までもが恥ずかしくなる。

探偵という仕事は守秘義務があるから、まさかそれが表に出ることはないだろうが、それでもやはり恥をさらしてしまうことに変わりはない。

いくらか後悔の念を抱きながら、朝子は『鴨川探偵事務所』を目指し、正面通を東に向かって歩いている。

師走が近づいているというのに、肌寒さをまるで感じない。これも異常気象の表れなのか。

前回訪れたときから気になっているのは仏壇屋だ。

池上家には仏壇はもちろん、墓すらなかった。あったのかもしれないが、直輝はきっとそこに入ることを嫌ったのだろう。岡山市内の室内納骨堂を買い求め、そこに入っている。今さら実家の墓に入るわけにもいかないから、いずれは自分もそこに入ることになる。

岡山駅からタクシーで二十分ほどで、モダンな建物のなかにあるから、墓参りは楽だ。当分のあいだと自分に言い聞かせ、月参りは欠かさないが、それも今日の結果次第では億劫になるかもしれない。

小さくてもいいから仏壇ぐらいは備えなくてはと思いながら、なかなかそれもできずにいる。

ショーウィンドーからでは値札がはっきり見えないが、これなら孫子の代まで伝えても恥ずかしくない。直輝はこの程度の仏壇を買うためのお金ぐらいは充分に残していった。

ではあるが、それもまた今日の結果による。仏壇どころか、おなじ墓に入ることすら忌み嫌うことになるかもしれない。

朝子は仏壇屋に背を向け、『鴨川探偵事務所』へ急いだ。

それにしても、なぜこんなことをしようと思ったのだろう。生きているあいだは直輝がどこで誰と、どんな食事をしようが、まったくと言っていいほど気に掛けることがなかったのに、どうして最後の食事だけを気にして、わざわざ二度も京都へ足を運んでいるのか。

それが分かったからどうだというのだ。

綾子という女性に会って、頬のひとつも打てばそれで気が済むものでもないだろうに。

気持ちの整理が付かないまま、朝子は店の前で息を整え、ゆっくりと引き戸を引いた。

「こんにちは」

「おこしやすぅ、ようこそ」

今回はこいしが出迎えた。

「ご連絡ありがとうございます。思っていたより早くて驚きました」

グレーのコートを腕に掛け、朝子が敷居をまたいだ。

「お父ちゃんがようがんばってくれはったし、て言いたいとこですけど、おあずかりしたデータカードとノートがええ仕事してくれたんです」

「そうでしたか。あんなものがねぇ」

朝子が鼻で笑った。

「どうぞお掛けください。すぐにご用意します」

「ありがとうございます」

朝子がパイプ椅子に腰をおろすと、流が奥から出てきた。

「おこしやす。お待ちしとりました」

「ずいぶんと早く捜しだしていただいて、ありがとうございます」

朝子が腰を浮かした。

「最初はちょっと苦戦したんでっけど、一本の糸を手繰(たぐ)っていったら、たどり着けたんですわ。今日はご主人が最後に食べはったんと、おんなじイタリアンを食べてもらえる思います」

和帽子を手にした流は語気を強め、まっすぐに朝子を見つめた。

「感謝いたしております」

朝子が見返す視線は力なく揺らめいている。

「すぐにご用意しまっさかい、ちょっと待っとぉくれやっしゃ」

和帽子を深くかぶりなおした流は、小走りで厨房に戻っていった。

「人間の思い込みて不思議ですねぇ。いったん思い込んだら、なかなかそれが消えへん」

こいしは煤竹で編んだランチョンマットを、朝子の前に敷き、備前焼の箸置きと利休箸をセットした。

「お箸？　フォークじゃないんですか？」

朝子が大きく目を見開いた。

「フォークでもええんですけど、ご主人は病室でお箸を使うて食べはったみたいです」

こいしが氷水の入ったグラスをテーブルに置いた。

「そう言えば、主人がナイフやフォークを使って食事しているのを見たことがないような気がします。新婚旅行で立ち寄った、伊豆のレストランでもお箸を使っていた記憶があります」

朝子が遠い目をすると、芳ばしい香りが厨房のほうから漂ってきた。

「そろそろできるみたいですよ」

背伸びしたこいしは、一礼してから厨房に向かった。

フォークでも、とこいしが言ったから、やはりスパゲティなのだろう。厨房から漂ってくる匂いから推測すれば、想像どおりのケチャップ味に違いない。

バタ臭い味を苦手としていたのに、綾子という女性と一緒だったから、という理由で直輝はそれを最後の食として選んだのか。

蘇ってくる憤りは、高まることはあっても消えることがない。

「お待たせしましたな」

銀盆に載せて流が運んできたのは、想像していたのとよく似たスパゲティである。

「やっぱりこういうスパゲティでしたか」

朝子は冷めた表情で楕円形の白い洋皿をじっと見ている。

「どうぞゆっくりお召しあがりください」

前回と違い、なにも説明することなく流は下がっていった。

こういうものだと分かれば、別に食べなくてもいい。

捜してくれと頼んでおいて言うのもなんだが、いざ前にすると、食べたいという気持ちは起こってこない。

朝子自身はもちろん、直輝も好んで食べるようなものには思えない。

仕方なく、といったふうに箸を取り、朝子は赤いソースにからめたスパゲティを口に運んだ。

思ったよりも濃い味付けで、麺も太く食べ応えがある。よく見てみると、スパゲティが茶色く染まっていて、もやしも混ざっているので、焼きそばのような味だ。添えてあるのはピクルスかと思いきや、白いショウガ漬けだ。

いかにも若い学生が好んで食べそうなスパゲティを前にして、朝子は首をかしげた。夏の終わりに、海辺のホテルで、リゾートウェアに身を包み、直輝を見つめながらイタリアンを食べる綾子。

思い描いていた姿には、まるで似つかわしくないスパゲティではないか。

食べ進めるうち、ますますその思いは強くなる。けっしてまずくはなく、むしろクセになるような味だが、恋心を抱く相手と一緒に食べて、それが生涯の思い出となるようなものには思えない。

どういうことなのか。綾子とはいったい誰なのか。

そんな疑問を抱きながら、夢中で箸を動かすうち、楕円形の洋皿はほとんど空になった。

「どないです？」

厨房から出てきた流が朝子の傍らに立った。

「ご覧のとおり。美味しくいただいております。ただ、どうにも納得がいかなくて。本当に主人はこれを最後の食として選んだのでしょうか？」

朝子は疑いの目を流に向けた。

「きちんと検証しましたさかい、これに間違いない思います」

流が皿に目を向けた。

「そうですか」

納得がいかないという表情で、朝子は残り少なくなったイタリアンを見つめている。

「座らせてもろてもよろしいかいな」

「どうぞどうぞ。気が付かなくてすみません。ゆっくりお話を聞かせてください」

あわてて中腰になった朝子が、流に椅子を勧めた。

「実を言うと、最初は苦戦してましたんや。というのも、ご主人の会社の記録をなんぼ調べても綾子という名前が見つかりまへんのや。ひょっとしたら、ご主人がとことん秘密にしたはったんか、それとも仕事関係以外のひとやったかもしれん。もしそうやとしたら、雲をつかむような話でっさかいな。どこから、どう手を付けてええや分からん。途方に暮れとったんですけど、似たような名前の女性を見つけましてな。ダメもとで当たってみましたんや」

タブレットを取りだした流は、朝子に向けてテーブルに置いた。

「似たような名前？」

タブレットに目を遣りながら、朝子が首をひねった。

「黒田綾香はんていうて、富山のデパートに勤めてはる女性課長はんですわ。ご主人の出張記録にも、会計帳簿にも再三その名前が出てきます」

流が指さすディスプレイには、青い制服に身を包んだ、恰幅のいい中年女性が映し出されている。

「主人が名前を間違っていたのですか？」

想像していたのと、まるで異なる容姿の写真に朝子は首をかしげっぱなしだ。

「そうやおへん。この綾香はんに話を聞いて、綾子はんにつながった、ていうことですねん」

流がタブレットの画面に指先を滑らせ、古びた一軒の民家を映しだした。

「これは？」

朝子がディスプレイに顔を近づけた。

「綾子はんが住んではった家です」

流が声を落とした。

「頭が混乱してしまって、どういうことか、まったく分からないのですが」

ディスプレイから目を離し、朝子が顔をしかめた。

「順を追うて説明させてもらいます。綾子はんていうのは、中学を卒業して離れ離れにならはった、ご主人の妹はんです」

「妹と一緒に施設で育ったとだけは聞いていたのですが、綾子という名前だったのですね」

「ちょっと話を戻しまっけど、さっきお見せした写真の綾香はんとご主人の直輝はんとは、仕事を通じての長いお付き合いがあったそうです。年に一度は富山のデパートで物産展が開かれとって、そのときに親しいされとったみたいです。ある年の慰労会の席で、直輝はんは綾香はんに、よう似た名前の妹がいると打ち明けはったそうです。自分の生い立ちも含めて、いろんな苦労を妹に掛けたて、泣きながら懺悔もしてはったそうです」

「わたしにはいっさいそんな話をしなかったのに、いくら仕事仲間とは言え、赤の他人である女性にそんな打ち明け話をするとは」

朝子は不満そうに眉をつりあげた。

「残念ながら綾子はんは早ぅに亡くなってはって、写真もないんで、どうや分かりまへんけど、綾香はんにそっくりやったそうです。それもあってお話なさったんと違いますやろか」

「それにしても」

朝子は納得できずにいる。

「ご自身のことはそれ以上語らはらへんかったけど、綾子さんが新潟の新発田っちゅうとこの親戚に引き取られたことやとか、長患いしてはったこととか、いろいろお話しになってたようです。そのなかのひとつにこのイタリアンがあったんですわ」

流が洋皿を指さした。

「ということは、夏の思い出というのは妹さんとの？」

朝子の問いかけに、流はこっくりとうなずいた。

「綾香はんの話によると、ご主人は盆暮れの前後に、かならず綾子はんに会いに行ってはったそうで、精神的にも、経済的にも援助してはったみたいです。このイタリアンっちゅうのは新潟のひとやったらたいてい知ってはる、いわゆるローカルグルメですわ。スパゲティと焼きそばのええとこ取りですな。綾子はんはこのイタリアンが大好物やったらしいて、ご主人はいっつもこれを手土産にしていって、一緒に食べてはったんやそうです」

「そうだったのですか。妹さんの好物でしたか……。うちには一度も持って帰ったことはありませんでしたけど」

朝子はかすかに笑みを浮かべ、瞳を潤ませている。

「綾子はんは二十年ほど前に病気で亡くならはったそうです。ご主人が最後に会わはったんは、亡くなるふた月前の夏やったそうで、花火大会に連れて行ってあげて、花火を見ながら河原でこのイタリアンをふたりで食べはったそうです。綾香はんにはそのときの写真も見せてはったらしいんでっけど、残念ながらデータカードには残ってまへんでした」

「なぜその話をわたしにしてくれなかったのでしょう。そんな話を聞いていれば……」

目に涙をためて朝子が唇を嚙んだ。

「そこはわしにも分かりまへん。ひとの気持ちは複雑でっさかいな。ただひとつ言えるとしたら、ご主人は朝子はんに弱いとこを見せとうなかった、ということでっしゃろ。ご主人は朝子はんの前で弱音を吐いたり、泣いたりしはったことはなかったんと違いますか？」

「そう言われれば、主人の涙は一度も見たことがありません」

「男っちゅうのは、けったいな生きもんでしてな。わしも掬子の前ではいっつも強い男を演じとりました。泣いたこともおへなんだ。なんぼ辛(つろ)うても同情はされとうなかった」

流は天井を見上げた。

「おかしいじゃないですか。悲しみも喜びも分かち合うのが夫婦でしょ」

朝子はまるでそこに直輝がいるかのように、語気を強め、こぶしを握りしめた。

「たしかにそのとおりや思います。けど、わしもよう似とるさかい、ご主人の気持ちも分かるんですわ」

流は朝子のグラスに冷水を注ぎたした。

「うちには男のひとの気持ちはよう分かりませんわ。隠さんならんような話と違うし、そのことを言うてくれてたら、奥さんも違う気持ちで接することができたやろし、もっと気ぃよう最期を看取(みと)ることができはったんと違うかな思います」

こいしの言葉に、朝子は何度もうなずいてから口を開いた。

「そう言っていただくと、少しは気が休まります。わたしのほうからも訊ねるべきだったかもしれませんね」

朝子は穏やかな口調で言った。

「ひとの気持ちっちゅうのは、もろいもんでしてな、相手の気持ちを汲みとろうとして力むと、あっけのう破れてしまいます。金魚すくいと一緒ですわ。ご主人は朝子はんの性格をよう知ってはったから、言わんでも済むことは言わはらなんだ。そやさかい、大きな諍いものう、平和に暮らせてきたんと違いますやろか」

流が朝子に顔を向けた。

「そうかもしれませんね。そう思うことにします。ところで、ひとつ疑問が残っているのですが」

朝子が身を乗りだした。

「なんです？」

「主人は岡山の病院に入院したのですが、どうやって、この新潟のイタリアンを食べることができたのでしょう」

「わしもそれが不思議やったんですわ。それで、ご主人が病床で書いてはった日記をよう調べてみたら、フリーダイヤルの電話番号がメモしてありましてな。それがお医者はんから、最後の食の話を告げられはった日ですねん。すぐ掛けてみましたんや。当たりでした。新潟イタリアンの元祖て言われとるその店は、取り寄せもしとって、店で食べるのとおんなじもんを冷凍で送ってくれよるんです。電子レンジで調理するだけで簡単にできます。麺とソースを別々にチンせんならんのが、ちょっと面倒でっけど」

「なるほど。そういうことでしたか」

「今食べてもろたんは、それを取り寄せて、細こぅ分析してから、わしなりにアレンジしたもんでっけどな。ようけ取り寄せて冷凍しとりますんで、保冷バッグに入れておわたしします。そっちのほうは、ご主人が最後に食べはったイタリアンそのもの、でっさかい、よう味おうてあげてください」

流が目くばせすると、こいしが銀色の保冷バッグをテーブルに置いた。

「なにからなにまで、ありがとうございます。捜していただけて本当によかったです。お支払いはいかほど」

朝子がゆっくりと腰を浮かし、トートバッグから財布を取りだした。

「特に金額は決めてませんので、お気持ちに見合うたぶんだけ、こちらに振り込んでください」

「倉敷に戻りましたら早急に」

こいしがメモ用紙を差しだすと、朝子はていねいに折って、財布に仕舞った。

「ひとの気持ちもやけど、夫婦てほんまに難しいもんですね。ますます結婚から遠ざかりそうやわ」

こいしが保冷バッグを朝子に手わたした。

「そうおっしゃらずに。結婚っていいものですよ。今こうして振り返ると、やっぱりあの人と一緒になってよかったと思えるのですから」

受け取った朝子の瞳が潤んでいる。

「夫婦とは、っちゅうのは正解のない設問ですな」

流が引き戸を開けると、トートバッグを肩に掛けた朝子が、微笑みを浮かべて敷居をまたいだ。

「これからお帰りですか?」

こいしが訊いた。

「すぐそこの仏壇屋さんへ寄ってから帰ります」

朝子が口元をゆるめた。

「どうぞお気をつけて」

こいしが見送りに出てきた。

「ありがとうございます。こいしさんも早くいいご縁を見つけてくださいね」

朝子が正面通を西に向かって歩きだした。

「おおきに」

流を横目で見ながら、こいしは小さく頭を下げた。

「ご安全に」

流が背中に声を掛けると、振り向いた朝子は斜めに一礼した。

「やっぱりうちは結婚に向いてへんなぁ」

店に戻るなりこいしがため息をついた。

「向くとか向かんとかやない。それを好むか好まんかや。朝子はんかて無理やり結婚させられたんやのうて、好んで一緒にならはった。ええこともあるし、ようないこともある。なんやかんや言うても添い遂げはったんや。夫婦っちゅうのはそういうもんやで。なぁ掬子」

流が仏壇の前に座った。

「お父ちゃんも仕事や仕事やて言うて、四日も五日も家空けてたやん。お母ちゃんも疑うてはったかなぁ」

こいしがその横で正座した。

「かもしれん。けどなぁ、こいし」

流は座ったままこいしに向きなおった。

「なに？」

「なんにも疑わんと、あとで裏切られたと気付くより、疑うとったけど、疑いが晴れたときのほうがええやろ」

「調子のええこと言うてからに、てお母ちゃんあきれてはるわ」

こいしが苦笑いした。

「今ごろは朝子はんも晴れやかな顔して、仏壇を選んではるはずや」

流は線香にろうそくの火を移した。

「お母ちゃんはずっとお仏壇に入りっぱなしやなぁ。たまにはこっちに出てきたいやろうに」

掬子の写真を見上げ、こいしが両手を合わせた。

第四話　巻き寿司

1

京都東山のふもとに建つ『南禅寺』は、京都五山の上に置かれる別格の寺院で、日本の禅寺のなかでもっとも格式が高い寺と言われている。

そのすぐ近くに富裕層向けの超高級旅館、『南禅寺城田（しろた）荘』を城田佳治（よしはる）が建てたのは三年前の春のことだった。

宿のオーナーである城田が、月に一度この宿に泊まることを恒例としているのは、経営するホテルチェーン、『キャッスルパディ』二十二軒のなかでも最高峰とされる『南禅寺城田荘』のサービス内容を、定期的に細かくチェックするためである。

インバウンド全盛期だったせいもあり、オープン当初は稼働率百パーセントを誇り、予約が取れない宿として一躍脚光を浴びた。

国内外の富裕層に絶大な人気を誇っていたが、まさかその直後にコロナ禍に見舞われるなど、城田だけでなく、誰も予想しなかった。それが、長い休業を余儀なくされるほどの事態に陥ってしまった。

むろんそれは『南禅寺城田荘』だけでなく、京都中の宿という宿は、すべてが大打撃を受けたのだが。

収束が近づいたとは言え、コロナ以前のような活況と比べるまでもない。昨夜の泊まり客は、十二室中、わずかに四室しかなかった。城田が泊まらなければ、稼働率は二十五パーセントだったことになる。

莫大（ばくだい）な投資金額を考えると、うすら寒くなる。大きなトートバッグを肩に掛け、黒いパーカーのフードを脱いだ城田は、車に乗り込むなり運転手に行先を告げた。

「『東本願寺』まで行ってくれ」

「承知しました。どのルートでまいりましょうか」

ルームミラー越しに運転手が訊ねた。

「きみにまかせる。特に急いでいるわけじゃないから」

窓の外に目を遣ったまま城田が答えた。

「承知しました」

運転手がゆっくりアクセルを踏んだ。

『南禅寺』の参道を歩く人影はまばらだ。いくら桜の盛りが過ぎたとは言え、春の東山界隈はひとで溢れかえっていて当然だ。閑散とした眺めに城田は深いため息をついた。

いつかは以前のような賑わいを取り戻すのだろうが、じっとそれを待っているわけにはいかない。何か手を打たねばと思いあぐねていて、ふと思いついたのがノスタルジーという言葉だ。

それをキーワードにしてたどり着いたのが、子どものころに食べた巻き寿司である。うまくいけば客集めの起爆剤になる。十五年前に『キャッスルパディリゾート』を立ちあげてから、こういうひらめきは外れたことがない。ひと晩掛けて練り上げたストーリーを一刻も早く完成させねば、と『鴨川探偵事務所』を目指しているのだ。

「もうすぐ着きますが、どの辺りでお停めすればよろしいでしょうか」

「正面通って分かるか？　烏丸通から正面通に入るようなんだが」

運転手の問いかけに、城田はスマートフォンの画面を見ながら答えた。

「あいにく正面通は西行きの一方通行なので、烏丸通からは東へ入ることができません。間之町通から回りこみましょうか？」

「いや、そんな面倒なことはしなくていい。烏丸通と正面通の角で停めてくれ。あとは歩く」

城田がスマートフォンをパーカーのポケットにしまった。

春とは言え、陽が当たらないと首筋が冷える。城田はフードをかぶり、正面通を早足で歩いていく。

仏壇屋があり、その並びには仏具商が古めかしい看板をあげている。

「この辺りのはずだよなぁ」

城田はひとりごちて、通りの左右を気ぜわしく見わたした。

昔ながらのしもた屋。モルタル造二階建て。看板も暖簾もないが、探偵事務所は食堂も併設しているから、食べものの匂いが漂っている。

飲み友だちの大道寺から聞いたヒントを頼りにすれば、この建物で間違いない。城田は確信を持って引き戸を開け、声を掛けた。

「おはようございます。朝早くからすみません」

「はぁい。どちらさん？」

すぐに若い女性の声が返ってきた。おそらく探偵事務所の所長だろう。

「大道寺さんから紹介されてまいりました城田と申します」

声を大きくすると女性が姿を現した。

「ホテルをやってはる城田さんですか」

「ええ。ホテルだけではありませんが」

「お待ちしてました。食を捜してはる『南禅寺城田荘』の社長さんですよね。うちが『鴨川探偵事務所』の所長をしている鴨川こいしです」

白いシャツに黒いパンツ。黒いソムリエエプロンを着けたこいしは、髪をうしろで束ね、グレーのヘアーバンドを巻いている。

「城田佳治です。今日はよろしくお願いします」

名刺を差しだすと、受け取ってこいしは高い声を出した。

「京都だけと違う(ちご)て日本中にあるんや。ぜんぶ高級ホテルなんでしょ？　うちらにはあんまり縁がない」

「高級というくくり方は好きじゃないんですが、富裕層のかたには喜んでいただいてます。こいしさんでしたら、いつでもどこでもご招待しますよ。お父さんと一緒にお泊まりください」

パイプ椅子に腰かけて、城田は脱いだパーカーを無造作にテーブルに置いた。

「おこしやす。鴨川流です。城田はんのお話は茜から聞いとります。昼にはまだ早いんでっけど、よかったらなんぞお作りしまひょか」

藍地の作務衣（さむえ）を着た流が、おなじ色の和帽子を脱いだ。

「よかったぁ。大道寺さんからさんざん聞かされてましたから、もしやと思って今朝からなにも食べていないんですよ」

城田は白いクルーネックシャツの袖をまくった。

「よろしおした。ブランチっちゅう感じでお出ししますわ。ちょっと待っとぉくれやっしゃ」

和帽子をかぶり直して、流が奥の厨房（ちゅうぼう）に戻っていった。

「お酒がお好きやて聞いたんですけど、どないしはります？　大したもんはないんですけど」

こいしがパーカーをコート掛けに掛けた。

「朝酒ってのもいいですよね。うちの宿でもモーニングシャンパンをサービスしているんです。常温で飲みやすいのを一合ください」

城田がトートバッグからタブレットを取りだしてテーブルに置いた。

「分かりました」

こいしが下がっていくと、すぐさま城田はスマートフォンを耳に当てた。

「宮古島のほうはどうだ？ 少しは進展したのか？ 反対派の説得を急がないと。そんな言い訳は聞きたくない。一日遅れるごとに損失が出ることは分かっているだろう。いいか。とにかく頭を下げて頼むしかないんだ。だけど県の開発許可は下りているんだから、堂々とな。決してへりくだるなよ」

苦虫を嚙みつぶしたような顔つきでスマートフォンをテーブルに置き、城田はタブレットのスイッチを入れた。

「朝からお忙しいみたいですね。お酒をお持ちしました」

一升瓶を添えて、こいしが唐津焼の片口と杯をテーブルに置いた。

「『脱兎』。不思議な名前の酒ですね」

城田が緑色のボトルを引き寄せた。

「京都の周山で造ってはるお酒なんですよ」

「周山ってたしか北山の奥のほうでしたよね。あんなところに酒蔵があるんですか」

「明治時代からやってはるみたいですよ。『初日の出』ていうお酒があって、うちは必ずお正月に飲むんです」

「うん。適度に辛口で飲みやすい。これ、いいですね」

ひと口飲んで杯を置いた城山は、スマートフォンでラベルを撮った。

「ホテルに置かはるんですか？」

「来年の春には鷹峯にホテルをオープンするので、そこにピッタリだなと思って」

「そこもやっぱり高級ホテルですか？」

「超が付くほどにしようと思っている。むかしは芸術村だったそうだけど、今は高級ホテル村みたいになっているからね。京都好きの富裕層はみんな鷹峯を目指すようになる」

「そうなんや。うちらには縁がないと思いますけど」

こいしが苦笑いした。

「オープン前のレセプションには、お父さんと一緒にご招待しますよ」

城田は片口から杯に酒を注いだ。

「わしらには場違いですがな」

染付の大皿を両手で抱え、流が厨房から出てきた。

「いえいえ、こんな立派な器に豪華な料理を盛られるようなかたには、ぜひお越しいただかないと」

城田は中腰になって料理を見まわした。

「器はたしかに立派でっけど、料理はけっして豪華やおへん。今の時季に旨いもんを並べただけです」

流はテーブルに大皿を置いた。

「写真を撮らせてもらってもいいですか？」

「どうぞどうぞ」

流が笑顔を向けると、スマートフォンをかまえた城田が立ちあがった。

「簡単に料理の説明をさせてもらいます。左上から桜鯛の塩焼、上に載ってるのは大葉の刻んだんです。その右はコゴミの天ぷら、抹茶塩で召しあがってください。上の右端は鹿モモ肉の煮込みです。粒マスタードを添えてますのでお好みでどうぞ。その下はタイラギの磯部焼、なかにウニバターを挟んでます。その左はマグロのワサビ和えです。ワサビの葉っぱで包んで食べてもろたら美味しおす。その左は筍の白煮、フキノトウ味噌を付けて召しあがってください。その下は才巻海老のフライです。柴漬けを混ぜたタルタルソースをまぶしてもろたらええと思います。その右は春大根の含め煮、柚子こしょうをちょこっと塗って食べてください。下の右端は茹で豚ですけど、三枚肉の薄切りをミルフィーユにしてますんで、重ねたままポン酢につけてください。〆は穴子茶漬けを用意しとります。ええとこで声を掛けてもろたらご用意します」

料理の説明を終えて、流が城田に顔を向けた。

「一品ずつ出てくる懐石もいいけど、こうして一度にどーんと出てくるとテンション上がりますね。こういうのがいいなぁ」

スマートフォンを置いて、城田はタブレットに文字を打ち込んでいる。

「瓶ごと置いときますし、お酒は好きなだけ召しあがってください。お茶とか要るようやったら、遠慮のう声を掛けてくださいね」

「ほな、ごゆっくり」

こいしと流が下がっていった。

しばらくのあいだタブレットの画面を指でタップしていた城田は、長い息をついてから箸を手に取った。

「半端ないな。こういう料理出すと酒がバンバン売れるぞ」

目を輝かせた城田が最初に箸を付けたのは、鹿肉の煮込みだった。豆皿に載った粒マスタードをまぶして口に運ぶと、笑みがこぼれた。

「すげえな。モモ肉だから歯ごたえがあるのかと思いきや、どっこいホロホロじゃん。赤ワインで煮込んでるのか。いや、赤味噌も利いてるぞ。これは八角の香りか？」

城田は鼻を鳴らしたあと、ふたたびタブレットを指でタップし始めた。

ワサビの葉を手に取った城田は、マグロのワサビ和えを載せて口に運んだ。

「くーっ。たまらんなぁ。いいマグロ使ってる。ひょっとしてワサビはおろし立てか。しっかり原価掛けてるな」

ひとりで食べるときにひとりごちるのは城田のクセだ。さすがにカウンターでは慎んでいるが、たまにクセが出ると、周りの客に驚かれる。

部下やスタッフたちと食事しているときは、まったく遠慮せずにひとり言を連発している。

城田が無口で食べているときは、取るに足らない料理だと思っている証しだ。

「なるほど。ピクルスの代わりに柴漬けを使うのか。いっぺんに京都らしくなるな。こいつはいただきだ。料理長に言っとこう」

小さな海老フライにたっぷりのタルタルソースを載せて、城田はスマートフォンのレンズを向けた。

「たしかに豪華って感じじゃないな。凝った料理ってほどでもないし。コゴミの天ぷらとか筍の煮たヤツとか、けっこうふつうだ。だけどぜんぶ旨いんだよなぁ。しかもメッチャ早いじゃん。どうやってこんな短時間に作れるんだ？」

自問しながら城田は、ポン酢につけた茹で豚を口に入れた。

「どないでっか。お口に合うてますかいな」

厨房から出てきて、流は大皿を横目で見た。

「素晴らしい料理です。参考にさせてもらって、うちの料理に生かしたいと思っています」

城田は上目遣いに流の顔色をうかがった。

「よろしおした。お好きなように」

流が苦笑いした。

「そろそろ〆をお願いします」

タブレットを指で操作しながら、城田は左手で杯を傾けた。

「すぐにお持ちします」

流がきびすを返した。

横目で流の背中を追っていた城田は、ハッとした顔つきをしてひざを打った。

――そうか。彼を雇えばいいんだ。こんな粗末な店じゃなくて、立派なステージに立ったほうが、料理もよりいっそう輝くはずだ――

さすがにこんな言葉は声に出すわけにはいかない。口をつぐんだ城田は片口から杯に酒を注いだ。

これまでにも多くの料理人を引き抜いてきた。料理屋どうしなら仁義に引きずられて、動きたくても動けないケースが少なくないようだが、そこは畑違いのホテルや旅館なら障害が少ない。あとはなんだかんだ言っても報酬だ。口では高邁な理想を掲げていても、想定を超える報酬を提示すれば、たいていの料理人は首を縦に振る。タブレットを操作し、スカウトした料理人の顔写真を順に眺め、杯を一気に傾けた城田はニヤリと笑った。

「お待たせしました。穴子茶漬けをお持ちしました」

蓋付き茶碗を銀盆に載せて、流が傍らに立った。

「どうも」

城田は慌ててタブレットを伏せた。

「お茶も置いときます。奥でこいしが用意しとりますんで、お食事を済まされたら声を掛けてください」

「分かりました」

言葉を返すと、流は銀盆を小脇に抱えて下がっていった。

『南禅寺城田荘』では朝食に鰻茶漬けを出していて、評判を呼んでいる。それに使う鰻の佃煮はたいていの客が土産に買って帰るほどの人気だ。きっとその穴子版だろう。お手並み拝見とばかりに、鼻で笑いながら蓋を外した城田は、あっ、と小さな声をあげた。

薄緑色の茶に沈んでいるのは、こんもりと丸いおにぎりで、ぶぶあられがちりばめられている。ワサビが天盛りにしてあり、刻み海苔と三つ葉があしらってある。なんとも上品な眺めだ。

城田はそっと箸で崩しながら、茶漬けを啜った。

「穴子が炊きこんであるのか」

ひとりごちながら、まじまじと茶碗のなかを覗きこんでいる。

「見た目だけでなく、味も上品だ。これはちょっと真似できそうにないな」

首をかしげてから、城田は一気に茶漬けを掻きこんだ。

「お代わり出しまひょか」

厨房との境に掛かる暖簾から、流が首を伸ばした。

「お願いしていいですか。これは本当にうまい」

立ちあがって城田が茶碗を差しだした。

「よろしおした」

厨房から出てきた流が、茶碗を受け取って笑みを浮かべた。

「最後まで手の込んだ料理なんですね。感服です」

頰を紅くして、城田が笑みを返した。

「細こぅに刻んだ焼穴子を釜めしにして、茶を掛けただけです。大した手間は掛かってしまへん。よかったらどうぞ宿でもやってみてください」

茶碗を入れ替えた流が口角を上げて笑った。

真似できるものならやってみろ。そう言われているような気がした。

城田は今すぐにでも引き抜き交渉をはじめたい気持ちだったが、なんとか自制し、二杯目の穴子茶漬けに箸を付けた。

ふと思いだしたのは、瀬戸内のホテルをオープンするとき、岡山のホテルから引き抜いてきた板長を叱責したことだった。

名物料理のひとつとして、鯛めしを作るよう指示したが、板長が試作したのは、この穴子茶漬けに似た、鯛の塩焼を細かく刻んで炊いたご飯だった。

鯛と言えば尾頭がつきもの。それを見せずにどうする。ひと口も食べることなく、キツくそう言うと、板長はいかにも悔しそうな顔つきで、黙りこくっていた。

おそらくはあれが切っ掛けだったのだろう。半年と経たずに辞めていった。当時の二番手が板長となり、城田の希望どおりの鯛めしを作りあげ、今もホテルの名物として人気を集めているのだから、間違ってはいなかったと確信している。

だが、今こうして食べてみると、穴子と鯛の違いはあれども食べてみる価値はあったのかもしれないと思ってしまう。

遮眼帯を着けて疾走する馬のように、横を向いたり、後ろを振り向くことなどなく走り続けてきたが、立ち止まらざるを得ないコロナ禍によって、前以外にも目を向けることができるようになったのは、なんとも皮肉なことだ。

二杯目の穴子茶漬けを食べ終えると同時に、流が姿を現した。このあたりのタイミングは見事と言うしかない。

「ぼちぼちご案内しまひょか」

「よろしくお願いします」

流に先導されて『鴨川探偵事務所』へと向かう。

京都独特の建築様式とも言える、典型的な鰻の寝床だ。ホテルも設計段階ではこれを真似たデザインになっていたのだが、無駄が多すぎると思って採用しなかった。これも今となっては惜しいことだったと思う。

「この料理はぜんぶ鴨川さんがお作りになったものですか？」

細長い廊下の両側には、びっしりと料理写真が貼られている。

「なかには掬子が作ったんもありまっけど、たいていはわしが作ったもんです。レシピてなもんを書き残すのが面倒ですさかいに」

歩みをゆるめながら流が答えた。

「オールジャンルということですね。先ほどいただいた感じだと、料理を作る手もそうとう早そうですが」

「辛気くさいことが嫌いなんですわ。時間掛けたらええいうもんやないですしな。頭より先に手ぇが動いてますねん」

流が右手を小刻みに振って笑った。

「鴨川さんの爪の垢を煎じて、うちのスタッフに飲ませてやりたいです」

城田が苦笑いすると、流は突き当たりのドアをノックした。

「あとはこいしに任せますんで」

「どうぞお入りください」

ドアを開けて、こいしが顔をのぞかせた。

「失礼します」

部屋に入った城田はロングソファの真ん中に腰をおろした。

「簡単でええのでここに記入してもらえますか」

こいしはローテーブルにバインダーを置いた。

「ちょっと役所っぽいんですね」

バインダーをひざの上に置いて、城田は薄笑いを浮かべた。

「お茶かコーヒーかどっちがよろしい？」

こいしが訊いた。

「お茶をください。あんまり苦くないやつ」

「ほうじ茶にしましょか」

「そうしてください」

ペンを走らせながら城田が答えた。

こいしはブリキの茶筒を開け、横目で城田の手元を見ながら、急須に茶葉をさらさらと入れる。

「家族かぁ。いないときは無しって書けばいいんですかね」

「はい」

　こいしは急須に湯を注いだ。

「あんまり書くとこなかったけど」

　書き終えて、城田がバインダーを元に戻した。

　こいしは茶托(ちゃたく)に載せた湯呑(ゆのみ)茶碗をふたつローテーブルに置いた。

「たしか女優さんと結婚してはったと思うたんですけど」

　こいしが小首をかしげている。

「おととし離婚したんですよ。公にはしてないけど」

　さらりと城田が答えた。

「失礼しました」

　こいしがノートを広げた。

「ひとりは気楽でいいですよね。あなたも独身なんでしょ？　そっかぁ、お父さんと一緒に住んでるから、ひとり身じゃないんですよね」

「本題に入りますけど、城田さんはどんな食を捜してはるんですか？」

　こいしが話の向きを変えた。

「巻き寿司なんです。太巻きっていうのかなぁ、いろんな具が入ってて、海苔で巻いたこういうやつ」

城田が指で輪を作って横に広げた。

「もっと豪華なもんを捜してはるんかと思うてましたけど、意外と素朴なもんなんですね」

こいしはノートに巻き寿司のイラストを描いた。

「そうそう。こういうやつ」

城田がノートを覗きこんだ。

「ありきたりのもんほど難題になること多いんですよ。詳しいに聞かせてください。いつ、どこで食べはったんですか」

こいしがペンをかまえた。

「小学生のころだから、今から四十年ほど前になるのかな。秋の運動会のときにおふくろが作ってくれたんです」

「城田さんてまだ四十八なんや。そのお歳でホテル王やなんてすごいですね」

バインダーを横目にして、こいしが感嘆の声をあげた。

「ホテル王だなんて大げさすぎますよ。世界のホテル王に比べたら、ぼくなんか蟻んこみたいなもんですから」

「ご実家はどこなんですか？」

「伊豆の河津（かわづ）ってとこなんですが、ご存じですか？」

「河津。聞いたことあるような」

　タブレットを出して、こいしが地図アプリを開いた。

「のどかな、とか、ひなびた、と言えば聞こえはいいですが、要するに田舎なんですよ」

　城田がソファの背にもたれかかった。

「海の傍（そば）やし、温泉もあるみたいやし、ええとこですやん。京都人から見たら、うらやましいです」

「隣の芝生は青い、ってやつですかね。高校を卒業してすぐに上京したんですが、最初は息が詰まりそうでしたよ。あんなに憧れていたのに河津へ帰りたくなったりしてね」

「高校を出て東京の大学へ入らはったんですか？」

「うちは貧乏でしたから、私立なんか絶対無理だと思ったので、必死で勉強してなんとか国立に入りました」

「国立て、ひょっとして、あの赤い門の大学ですか」

　こいしの問いかけに、城田はいくらか鼻を高くしながら黙ってうなずいた。

「現役で東大て、めっちゃすごいですやん」

「生まれつき負けず嫌いなもので。田舎の同級生を見返してやりたかったんです」

「うちなんかは、すぐにあきらめてしまうほうやさかい、なんにも成就しませんわ。巻き寿司もそのことと関係あるんですか？」

「関係あるような、ないような、です。河津を離れてからもう三十年経ちますから、なんの思い入れもないんですが」

「思い入れはないけど、その河津で食べはった巻き寿司を捜してはるんですよねぇ」

　こいしは城田の顔色をうかがっている。

「食を捜すというと、みなさん感傷的になられるのでしょうけど、ぼくにはビジネスの一環なんですよ」

　城田が薄い笑顔を向けると、こいしは小鼻を膨らませた。

「つまりホテルのメニューに採用しようと思うて、その巻き寿司を捜してはるていうことですね」

「そういうことです。ビジネス絡みだといけませんか？」

「いえ。頼まれたもんを捜すのがうちらの仕事ですし」

こいしが作り笑いを浮かべた。

「よろしくお願いします。報酬は弾みますから」

城田の言葉にこいしは眉根を寄せた。

「その巻き寿司はお母さんが作らはったもんやから、直接訊けたらすぐ分かりますよね。今お母さんは？」

「五年前に亡くなりました」

「そうでしたか。となるとなかなかの難問やなぁ。城田さんが覚えてはることをお聞きして再現するしかないんですけど」

「あいにくほとんど覚えていないんですよ」

「となると、なんぼお父ちゃんでも捜せへんのと違うかなぁ」

こいしはノートにクエスチョンマークを並べた。

「まぁ、そんなに深く考えてもらわなくてもいいんですよ。正確に再現できなくても、なんとなく河津の田舎でおふくろが作りそうな巻き寿司があれば、それで充分です」

「失礼な言い方になるかもしれませんけど、それやったらうちらが捜す必要はないんと違います？　城田さんのホテルに勤めてはる料理人さんに頼んだら、それらしいも

ん は作れますやん」

　こいしがペンをテーブルに置いた。

「それだとストーリーがないんですよ」

　城田が身を乗りだした。

「ストーリー?」

　こいしが首をかたむけた。

「ストーリー。物語ですよ。ひとは旅先に物語を求めるんです。感動と言い換えてもいい。日常から離れて旅をする。そこには物語がないと旅の喜びを感じることができない。ひととのふれあいであったり、そこで出会った物語があって、はじめてひとは旅をしてよかったと思えるんです。その最たるものが食です。ただ美味しいものを食べるだけじゃ物足りない。その地ならではの食だとか、その宿にまつわる食だとか。あー、そういういわれがあったのか、と気づいてこそ、美味しく感じるし、思い出に残る。わたしの宿では絶えずそうやって物語を作りだしているんです」

　城田が熱弁をふるい、こいしは黙ってそれを聴いている。茶を啜ってから城田は更に続けた。

「コロナ禍によって、ひとはひとと距離を置くことが当たり前になってしまった。密を避け、接触を避けることで、心のふれあいもなくしてしまったんです。ある程度収束すれば、それを取り戻そうとして、ひとは旅に出るのです。なればこそ、余計に旅先には物語がなければならない。そしてその物語の中核をなすのは郷愁です。コロナで分断された過去に想い(おも)を馳(は)せ、懐かしむことで心の安らぎを得る。これがアフターコロナのキーワードになるのは間違いありません。その目玉商品として、懐かしの巻き寿司を作りたいんです。本来の食捜しとは異なることは重々承知しておりますが、なんとかご協力いただけませんか」

城田がローテーブルに両手を突くと、こいしは深いため息をついた。

少し間を置いてから、こいしが小さくうなずいた。

「分かりました」

「ありがとうございます」

ホッとしたような顔つきで、城田が頭を下げた。

「けど、うちもええ加減なことはしとうないんで、もうちょっとヒントをもらえませんか。お母さんはふだんどんな料理を作ってはったか、とか、巻き寿司以外のことでもええので、思い当たることがあったら教えてください」

こいしは広げたノートを手のひらで押さえた。

「あまり言いたくはないのですが、うちの実家は民宿をやってましてね。料理の担当はおふくろでした。建物もそんなに大きくなかったので、一日に三組まで、せいぜい十人ぐらいしか泊まれない宿でした。温泉があるわけではないし、夏は海水浴で多少賑わってましたが、ふだんは混み合うこともなく、閑散としてました。でも、おふくろがひとりで切り盛りしていたので、いつもバタバタしていましたね。特別どこかで料理を学んだわけでもなく、むかしながらの田舎料理を出していたようです」

「お父さんは？」

「おやじはいちおう民宿の主人だと言ってましたが、布団を小屋根に干すぐらいで、ほとんど仕事もせずに毎日飲み歩いてました。バチが当たったんでしょう。早死にしましたよ」

「そうでしたか。旅館て女将（おかみ）でもってる、てよう聞きますけど、民宿もおんなじなんですね」

「それはむかしの話でしょ。今はそんな時代じゃないですよ。お客さんは女将に会いたくて泊まりに来るんじゃない。スタッフ全員のもてなしを受けにくるわけで、女将だけが突出していてもダメなんです」

「そういうもんなんかなぁ」

「うちのグループはどの宿も一定のレベルを保つようにしています。もちろん価格差はありますし、ハード部分もぜんぶ違う。その土地土地に合わせた個性を打ち出しています。だから一度うちのグループの宿に泊まれば、ほかの場所に行くときもキャッスルパディを選んでくれる。そして顧客データはグループ全体で共有していますから、客にジャストフィットできる。今はまだ二十軒ほどだけど、五年後には五十、十年後には百軒を目指しています」

城田が胸を張った。

「そういうもんなんかなぁ。うちらが泊まるんは、その宿の女将さんやらご主人に会いとぅて行くんですけどね」

こいしはやんわりと言葉を返した。

「今はそういう時代じゃないんです。それだと、女将や主人が留守のときはどうするんです？　行かないんですか？　向こうに合わせて日程を変えるんですか？　それじゃあ本末転倒になってしまうじゃないですか」

城田が語気を強めた。

「そう言われたらそうかもしれませんけど。話を巻き寿司に戻しますけど、つまりは城田さんが子どものころにお母さんに作ってもらわはった巻き寿司に近いもんを捜しだしたらええということですね。そのものズバリと違うてええと」

こいしが念を押した。

「そういうことです。付け加えるなら、小学校の運動会のときに、も大きなポイントですから頭に入れておいてくださいね。みんなそういう思い出があるでしょうし、共感を持ってもらえるはずなんです。コロナ後の旅のキーワードはノスタルジーですから」

城田が意味ありげな笑みをこいしに向けた。

「分かりました。ところでその民宿はもうないんですよね。名前だけでも教えてください」

こいしがペンをかまえた。

「ええ。おふくろが亡くなって自然消滅した感じですかね。『はちまん荘』っていう名前でした」

「そのころ城田さんはもう、ホテルチェーンをはじめてはったんでしょ？　お母さんは継いで欲しいと思うてはったんと違うかなぁ」

「亡くなる前に言ってましたよ。建て替えてもいいから『はちまん荘』の名前だけは残してほしいって」

「やっぱり」

「きっぱりと断りました。土地も狭いし、アクセスも不便だし、採算が取れないのは間違いありませんから」

「情よりお金なんですね」

「当然のことですよ。ビジネスに情が絡んでくるとロクなことにならない。たくさんの従業員を抱えていますし、路頭に迷わすようなことなどできません」

「たしかに。うちらとは住む世界が違うんやさかい」

「鴨川さんの故郷はどこですか？」

城田が訊いた。

「うちの家はずっと京都やさかい、故郷て言えるとこはないんです。ちょっと寂しいなぁと思いますけど」

こいしはノートに古民家らしきイラストを描いた。

「それが一番です。みんな故郷に過大な郷愁を抱いてますけど、現実はそう甘いもんじゃない。実際に訪ねてみると、がっかりすることだらけで。高校を出てから河津の実家に帰ったのなんか数えるほどですよ」

「お母さん、寂しがってはったんと違うやろか」

「おふくろはとっくにあきらめていましたから、そんなことはなかったと思いますよ。故郷を捨てると身軽に動けますから、仕事には好都合でしたね」

「どこまでいってもお仕事優先なんですね」

こいしが皮肉っぽい笑顔を城田に向けた。

「いつかかならず世界のホテル王になってやる。それが夢ですから」

城田は不敵な笑みを返した。

「分かりました。せいだいお父ちゃんに気張ってもらいます」

こいしはノートを閉じて、腰を浮かせた。

「よろしくお願いします。社運が懸かっているといってもいいぐらいのミッションですから」

城田がゆっくりと立ちあがった。

ふたりが食堂に戻ると、手ぬぐいで手を拭きながら流が厨房から出てきた。

「あんじょうお聞きしたんか」

「じっくりと聞いていただきました。どうぞよろしくお願いいたします」

城田が一礼した。

「茜からも頼まれとりますんで、しっかり捜させてもらいます」

流は和帽子を取って頭を下げた。

「どれぐらい時間掛かりますかね。できるだけ早くお願いしたいのですが」

城田がパーカーを羽織った。

「いっつも二週間はいただいてます。見つかり次第ご連絡させてもらいます」

こいしが型通りに答えた。

「愉(たの)しみにして待ってますよ」

城田は肩を二度叩(たた)いたが、こいしは表情を変えることなく背中を向けた。

「これからどちらへ？」

場をつくろうように流が訊いた。

「いったん東京に戻って、それから沖縄へ飛ぶ予定です」

「お忙しいんですなぁ。どうぞお気を付けて」

流が店の引き戸を開けると同時に、迎えの車が店の前に停まった。

軽く手をあげて城田が車に乗り込むと、流とこいしが並んでそれを見送った。

「なんや。えらい不機嫌やないか」

車が見えなくなると、流が口を開いた。

「そうかて、お金儲けのために捜せて言うてはるんやで」

こいしが吐き捨てるように言って、きびすを返した。

「なんでもええやないか。それがわしらの仕事なんやさかい」

「余計なこと考えんと、頼まれたもんを捜したらええ。耳にタコができるほど聞いてるけど、うちはロボット違うし。感情いうもんがあるやんか」

店に戻ってこいしは音を立てて引き戸を閉めた。

「仕事に情をはさんだらあかん」

「なんや。お父ちゃんも城田さんと同類なんか」

こいしが眉根を寄せて声を荒らげた。

「なにをそんなふてくされとるんや。まぁええ。こっから先はお父ちゃんの領分やさかい」

流はカウンターに腰掛けた。

「茜さんに頼まれた仕事やさかい、せいだい気合い入れて気張ってください」

こいしはノートを流の前に滑らせた。

「誰から頼まれようと、やることは一緒や」

流がノートを開いた。

2

少しは早めてくれるかと期待したが、こいしから連絡が入ったのは、きっちり二週間後だった。

感染拡大がいちおう収まり、ほとんどの制約が外され、長い自粛の反動もあって、旅行業界はかつてないほどの盛況ぶりだ。

城田のホテルチェーンも例外ではなく、高い稼働率を誇っている。とは言え、コロナ以前とは比べようもないほどの低い収益で、なんとかこの状況を打開しないと、次のステップに進めない。

じっと手をこまねいていたのではバスに乗り遅れてしまう。

ストーリーはすでにできているのだから、先に商品を作っておいて、あとからすり合わせをすればいいのだ。

『南禅寺城田荘』の料理長が城田の指示どおりに、ノスタルジックな巻き寿司を作りあげたのは一週間前のことだ。

スタッフに試食させたがおおむね好評だったことで城田は自信を付けた。

あとはセントラルキッチンで生産ラインに乗せて安価で提供するか、料理長に手作りさせて付加価値を付けるか、を決めるだけだ。

城田の考えは後者に傾いていた。

巻き寿司がこんなに高いのか。そう驚かせるほどの高額にすることで話題性が生まれる。

例によってインフルエンサーやブロガーたちを利用すれば、すぐにメディアが飛びついてくるだろう。

東京から京都へ向かう新幹線のなかで、城田は終始上機嫌だった。

京都駅到着の車内アナウンスが聞こえると、立ちあがって網棚の荷物を降ろす乗客は驚くほど多い。

桜はとうに終わっていて、新緑が美しい季節だとは言え、けっしてトップシーズンではない。

この二週間で明らかに潮目が変わった。やはり京都は強い。失われた二年間を取り戻す機会がやっと訪れた。

はやる気持ちを抑えながら、城田は立ちあがってパーカーを羽織った。

京都駅の八条口を出ると、城田はいつもどおりの場所で迎えの車に乗り込み、『鴨川探偵事務所』へ向かった。

「今日は横づけでよろしいでしょうか」

運転手がルームミラー越しに訊いた。

「そうしてくれ。今日はすぐ終わるはずだから、近くのパーキングで待機していてくれるかな」

「承知しました。お荷物はどういたしましょう？」

「こいつは積んだままでいい。すぐまた移動だから」

革のトートバッグを城田が叩いた。

『渉成園(しょうせいえん)』を目指す観光客だろうか。前回の閑散とした様子がうそのように、正面通では多くのひとが東に向かって歩いている。

車を降りた城田は勢いよく引き戸を引いた。

「こんにちは。城田です」

「お待ちしとりました」

作務衣姿の流が迎えた。

「ご連絡ありがとうございます。よく見つけていただきましたね」

「たいした苦労はしとりまへん。お母さんのファンのかたはようけおられましたさかい」

流が意味ありげな笑みを城田に向けた。

「おふくろのファン？」

流とは対照的に、城田は顔を曇らせた。

「まぁ、お話は追々と。まずは食べてみてもらわんと。すぐにご用意しまっさかい、どうぞお掛けください」

流がパイプ椅子を引くと、城田はパーカーを脱いで腰かけた。

「今日はお酒はどないしまひょ？」

「これから仕事ですからお茶でけっこうです」

城田は落ち着かないようすでスマートフォンをテーブルに置いた。

「ちょっと待っててくださいや」

流は早足で厨房に入っていった。

いくらか予想外の展開になったことに、城田は少しばかり戸惑っている。

頼んでおきながら言うのもなんだが、見つかるはずがないと思っていた。

兄弟もおらず残る身内はほとんど疎遠になっている。毎年の運動会のときに母が作った巻き寿司がどんなものか、知るものはいないはずだ。

母のファン？『はちまん荘』の常連客のことだろうか。だとしても子どもに作った弁当までは知らないだろう。

もうすでに物語はできあがっている。今さらややこしい巻き寿司を持ち出されたのでは、予定が狂ってしまう。

いら立ちを隠すことなく、城田は貧乏ゆすりをはじめた。

「お待たせしましたな。これが捜しておられた巻き寿司です。まぁ、見たとこはふつうの巻き寿司ですけど。お茶も置いときます。どうぞごゆっくり召しあがってください」

銀盆を小脇に抱え、流が下がっていった。

染付の長皿に六切れの巻き寿司が載っている。たしかに見た目にはなんの変哲もない巻き寿司だ。

急須から湯呑に茶を注ぎ、城田は渇いたのどをうるおした。

ひと切れ手に取って、断面をまじまじと見つめる。

なかに入っている具材は料理長が作ったそれと大差ないようだ。

城田はホッと胸を撫(な)でおろし、そのまま口に運んで、半分ほどを噛みきった。

「うまいじゃないか」

城田は大きな声をあげた。

そもそも巻き寿司などというものは、格別旨いものもない代わり、ひどくまずいものもない。よほどの名店のものでない限り、たいていは平均点前後だ。

それらとは比べるのも無駄なほど、口いっぱいに旨みが広がる。

手のなかに残った半切れの巻き寿司を、城田はじっと見つめてから、ゆっくりと口に入れた。

甘い玉子焼き、かんぴょう、甘辛く煮つけたそぼろと椎茸(しいたけ)、そして三つ葉。どれも輪郭がくっきりとしている。

これがあのときの巻き寿司だったのだろうか。いや、そんなわけがない。これほど洗練された巻き寿司を作れるのは、熟達の料理人だけだ。

それにしても、いくらかやわらかめの酢飯といい、上質の焼海苔といい、料理長が作ったそれとは雲泥の差がある。

このレシピをそのまま採用しよう。ただ物語があるだけでなく、みごとにバランスが取れたこの巻き寿司なら、グルメ評論家をうならせることができる。鬼に金棒というのは、こういうことをいうのか。

ふた切れ目に手を伸ばそうとして、城田はメドゥーサを見てしまったかのように、かたまってしまった。

ぐるぐると時計の針が逆回りし、校庭に響く歓声がこだまし始めた。

豪華な折詰弁当をひけらかしに近づいてきたのは、観光ホテルの社長の息子だ。取り巻き連中もみなおなじ弁当を持って、見せびらかしに来た。必死で隠していたのに、巻き寿司だけの弁当箱を見られてしまった。耳をふさいでも、あざけ笑う声がこだまする。涙をこらえるのが精いっぱいだった。いつかきっと見返してやる。お前らをみんな足元にかしずかせてやる。なんでこんな巻き寿司を。よりによって運動会のときに。言うことを聞かない息子への嫌がらせか。それとも、ただ貧しいだけなのか。

こんな巻き寿司なんか要るもんか。捨ててしまおうかと思ったが、哀しいことにひもじさには勝てない。校庭の隅っこにぽつんとひとり残って、巻き寿司を口にしたら、涙があふれ出た。泣きながら、ひと切れも残さず食べた巻き寿司。

なにが懐かしいものか。

そう思いながらも、城田は涙をこらえることができなかった。

「いったいなんの涙だ」

ジーンズのポケットからハンカチを取り出した城田は、目頭を強く押さえた。

宿泊業は感動産業だ。常々スタッフにはそう言っておきながら、起業してから今に至るまで、心を揺さぶられるほど感動したことなど、一度もなかった。

右肩上がりを続けてきたことは当然の結果であって、まだまだ先がある。生涯を共にすると決めるほどでもない相手と結婚をし、それも長く続くことはなかった。

どんな場面でも常に冷静を心がけてきた。でなければテッペンを取ることはできない。

むかしを懐かしむこともなければ、今という時間に満足することもない。絶えず物足りなさを感じながら生きてきた。

どんなに優れた小説を読んでも、ヒット映画を観(み)ても、音楽を聴いても、どうすればそれをビジネスに生かせるか、しか考えてこなかった。頭が共鳴することはあっても、心が共鳴することなどなかった。

それなのに、ただの巻き寿司にこれほど心を打ち叩かれるのか。まったくわけが分からない。

三切れ目に手を伸ばした城田は、子どものころに見た、母の背中を思いだしていた。民宿の狭い調理場で、割烹着を着た母は野菜かなにかを一心不乱に刻んでいる。鍋から薄らと湯気が上がり、煮物の匂いが漂っている。クセのある匂いだが、空腹を刺激したのか腹が鳴る。

小さく丸い背中がいっそう丸みを帯び、肩が小刻みに揺れていたのは、泣いているからなのか。

見てはいけないものを見てしまったような気がして、声を掛けることもなく、あわててその場をあとにした。

なぜ今そんなことを思いだすのだろう。ろくに墓参りをすることもなく、母の存在などとうに忘れ去っていたはずなのに。

「どないです？ 合うてましたかいな」

流が傍らに立った。

「正直なところ、まったく覚えていないので、合っているとも合っていないとも言えません。ただ、おふくろが作った巻き寿司はこれだったんだろうなということだけは分かります」

うつむいたまま城田が答えた。

「よろしおした」

流は急須の茶を湯呑に注いだ。

「記憶にないものなのに、なぜ懐かしく思うのでしょう」

本音を口にしてしまったことに城田は驚いている。

「たぶん魂が籠もっとるさかいや思います。てなこと言うとアヤシイ思われるかもしれまへんけど」

「魂……ですか。食べものに魂が籠もることなんてあるわけがない。これを食べる前ならそう言い切れたと思いますが」

城田は巻き寿司を手に取って、ためつすがめつ眺めている。

「座らせてもろてもよろしいかいな」

「気が付かずにすみません。どうぞお掛けください」

あわてて城田が腰を浮かせた。

「城田はんに確信はのうても、わしにはあります。これは間違いのう、お母さんが作って運動会に持たせはった巻き寿司です」

向かいに座るなり流がきっぱりと言い切った。

「どうして確信が持てるんです？　当のおふくろはもう居ないし」

　ハンカチをポケットに戻した城田は、少しずつ平静を取り戻している。

「あなたのお母さん、城田鈴子さんが巻き寿司を作らはったんは、運動会のときだけやなかったからです。この巻き寿司を食べたひとは五人や十人やない。もっとようけやはるんです」

「それが最初におっしゃったおふくろのファンということですか？」

　流が黙ってうなずくと、納得したように城田が続ける。

「まぁ、どんな宿でもそれなりにファンが付くっていうことですね。ありがたいと言えばありがたいことです」

「民宿のファンもやはったと思いますけど、ほとんどは地元のひとです」

「地元のファン？」

「河津の漁師はんですわ」

「漁師がおふくろの？」

　城田はいぶかしげな顔をゆがめた。

「順を追うてお話しせんとあきまへんな。そもそも民宿の名前がなんで『はちまん荘』やったかはご存じでっか？」

流が身を乗りだした。

「河津に八幡(はちまん)神社があるからでしょ。それぐらいは知ってますよ」

城田が薄笑いを浮かべた。

「祀(まつ)ってあるのは河津三郎(さぶろう)とその息子ふたり。曽我(そが)兄弟やていうこともご存じですやろ。親父(おやじ)の仇(かたき)を取るっちゅう仇討(あだうち)で知られてますわな」

「ええ。うちのすぐ近くに神社がありましたし、銅像に登ってよく怒られてましたから。でも、詳しいことは知りません。仇討なんて時代遅れもはなはだしい話ですしね」

「仇討はともかく、敵にひるむこともなぅ、諦めんと辛抱強ぅ戦に勝利したことを崇(あが)めるのは間違うてまへん。人生っちゅうのは、ある意味で戦の連続でっさかい、その勝利を願(ねご)うて『はちまん荘』という名前になさったんやと思うてます。そこへお魚を卸してはった漁師さんらは、絶えず海で戦(たたこ)うてはるもんやさかい、『はちまん荘』はゲン担ぎにもなっとったんですわ」

「ゲン担ぎと言いますと？」

城田が訊いた。

「時化(しけ)た海で漁をせんならんときは、『はちまん荘』の女将さん、つまり城田はんのお母さんに頼んで巻き寿司を作ってもろて、それを持って漁に出はったんやそうです」

タブレットをテーブルに置いて、流はずらりと居並ぶ漁師たちの写真を映しだした。

「うちは小さな民宿でしたから、出入りの漁師はひとりだけだったと思いますが」

写真を見て城田が首をかしげた。

「真ん中にやはるヒゲ面の漁師はんがそれですわ。あとのひとらは噂を聞いて『はちまん荘』ファンにならはったんです」

「噂ってどんな？」

「『はちまん荘』の巻き寿司を持って漁に出たら事故にも遭わんし、豊漁になる、っちゅう噂ですわ。大時化のとき、このヒゲの漁師はんが、お母さんが作らはった巻き寿司を持って海に出はったら思いも掛けん豊漁に恵まれはった。おなじときに出た船はみな不漁やっただけやのうて、荒波にもまれて命からがら港に戻ったっちゅうのに、です」

流は破れた大漁旗の写真をディスプレイに映しだした。

「単なる偶然でしょう」

城田が鼻で笑った。

「たとえそれが偶然やったとしても、ありがたいことやと思うのが人間っちゅうもんですねん」

「お話は分かりました。だけどこの巻き寿司が、それとおなじだったとは言えませんよね。ましてやぼくが運動会のときにおふくろが作ってくれたものとおなじだとは言えないでしょう」

「『はちまん荘』を閉めはるとき、漁師の奥さんを集めて、〈はちまん巻き〉の作り方を詳しいに教えはったんやそうです。そのレシピどおりに作ったんがこれです。そしてそのときにお母さんは奥さん連中に言うてはったそうです。子どもの運動会に作って持たせたんが切っ掛けやったと。仕事があって運動会を見に行ってやれん。怪我せんように、一等賞を取れるように、と作った巻き寿司を神社へ持っていって、お祈りしたもんなんやそうです。せやから今でも漁師の奥さん連中は、この巻き寿司を作って神社でお祈りしてから、漁に出る船に載せるという習慣が身に付いとるという話です。それで魂が籠もるんやないですかな。目には見えしまへんけど」

「記憶にはないのに懐かしく思うのは、その魂のせいですか」

城田はあらためて巻き寿司を手に取った。

「世のなかには科学で説明のつかんことが、ようけある思います」

「記憶にない食べものなのに、懐かしさを憶えたというのも、説明ができないんですね」

「そうとも言えまへん。子どものころに食べたもんは、脳のどっかに残っとるように思います」

「この巻き寿司を食べたという記憶はたしかにありますが、中身がどんなものだったか、どういう味だったかはまるで覚えていないのですが」

「わしも科学は苦手でっさかい、あてずっぽうな話になりまっけど、脳やのうて舌が覚えとるんやないですかなぁ。見てくれはふつうでっけど、中身はひと味もふた味も違いますんで」

流が横目で巻き寿司を見た。

「なにが違うんです？」

「まずは食材が違います。かんぴょうこそ栃木の知り合いから仕入れてはったみたいですけど、あとはみな近所のもんを使うてはります。椎茸と卵は天城、三つ葉は下田の農家、そぼろの原料は河津の漁師、のもんしか使わはらなんだそうです。そしてその食材にも手間ひま掛けてはります。椎茸はいっぺん天日干ししたもんを戻して使うたり、卵も丁寧に濾したり、三つ葉は温泉でさっとゆがいたりしてはったんでっけど、一番手間が掛かっとるのはそぼろですやろな。なんのそぼろか分かりまっか？」

「漁師からの仕入れとおっしゃいましたから、鶏肉(とり)じゃないんですね。白身の魚かな」

巻き寿司をほぐし、取りだしたそぼろを城田が口に入れた。

「イルカですわ」

「イルカ？」

城田の声が裏返った。

「ご存じやおへんか。河津やとか伊豆の海っぺりのひとらは、むかしからイルカをよう食べてはりましたやろ」

「そうなんですか。記憶にないですねぇ」

「城田はんが子どものころぐらいからは、動物愛護のひとらの反対運動が盛んになりましたさかい、イルカを食うてることを言わんようにしてはったかもしれまへんな」

「これがイルカですか。クセもないし美味しいんですね」

城田はそぼろをつまんで口に入れた。

「スジ肉と一緒で下処理に手間が掛かります。雑に扱(あつこ)うたら臭(くそ)ぉて食えしまへん。けど貴重なタンパク源やったと思いますし、たいそうな言い方になるかもしれまへんけど、こういうもんが食文化の原点ですわ」

「食文化の原点、ですか」

城田が繰りかえした。

「その地方にしかない食いもんはだいじにせんとあきまへんな。食いもんだけやない。宿もおんなじと違いますやろか。日本中がおんなじ食いもんばっかりになったらつまらんでっしゃろ。食堂の主人ふぜいがエラそうなこと言うてすんまへんな」

「いえ」

城田はうつろな目を巻き寿司に向けている。

「エラそうついでに言わせてもらいますけど、食いもんっちゅうんは、それを食べるひとのことを思うて作らなんだら、美味しいならんのですわ。わしも長いあいだ食いもんを作って来ましたけど、食べるひとの顔を思い浮かべて作らなんだことはいっぺんもありまへん。きっとお母さんもそうやった思います。運動会で怪我せんよう、活躍するよう願うて作らはった。僭越(せんえつ)でっけど、わしもお母さんに成り代わって、そんな思いを込めさせてもらいました。あなたが懐かしい思わはったんやとしたら、たぶんそれが通じたんですやろ。食いもんっちゅうのは、そういうもんです」

流の言葉に城田はこっくりとうなずいた。

「ありがとうございました。大きな思い違いをしていたようですね。これを商品にするのはやめます。また一から出直しです」

「よろしおした。お忙しいかたに余計なことを長々と話してすんまへんでしたな。いちおうレシピを書いときましたんで、参考になさってください。巻き寿司もようけ作ったんで、持って帰って召しあがってください。時間が経つと余計に美味しいなるやろ思います」

流が手提げの紙袋を差しだすと、城田は受け取って深々と一礼した。

「重ね重ねありがとうございます」

「余計なこと言いついでに言わせてもらいますけどな、宿っちゅうとこは、お客さんの命をひと晩あずかる、だいじな使命を帯びとるんやということを、忘れたらあきまへんで」

流が店の引き戸を開けた。

「はい」

顔を引きしめて城田が敷居をまたぐと、迎えの車が滑りこんできた。

「ぼちぼち春も終わりですなぁ」

送りに出て流が日差しに手をかざした。

「おじょうさんにもよろしくお伝えください」

「あいにく留守しとってすんまへん。これをわたしてくれて言うとりました」

流が折りたたんだメモ用紙を手わたした。

「すぐに振り込ませていただきます」

目をとおしてから城田は財布に仕舞った。

「よろしゅうに」

流が和帽子を取ると、城田は運転手に耳打ちした。

「ほんとうにお世話になりました」

城田はバッグと紙袋を車に放りこんだ。

「失礼します」

運転手は流と城田に頭を下げ、ゆっくり車を発進させた。

「歩きながら頭のなかを整理しようと思って」

車を見送って、城田が苦笑いを浮かべた。

「よろしいな」

正面通を西に向かって歩きだした城田に流が声を掛けた。

春の日差しを浴びて歩きだした城田は、十歩ほどで立ちどまり、くるりと振り向いた。

「おふくろの決まり文句を思いだしました」

「なんでした？」

「毎日一から出直し」

城田は晴れやかな笑顔を空に向けた。

「ご安全に」

流は城田の背中が見えなくなるまで見送って店に戻った。

「お父ちゃんには勝てへんわ」

こいしが迎えた。

「わしの言うたとおりの展開になったやろ。引っ込んでんと出てきたらよかったのに」

流はカウンター椅子に腰かけた。

「顔も見とぅなかったし」

こいしが小鼻を曲げた。

「最後はええ顔してはったで」

「そうなんやろな。声で分かったわ」

「中途半端に成功したら勘違いするのが人間っちゅうもんや」

「お母ちゃんもそんなことよう言うてはったな」

「バレたか。掬子のうけ売りや」

流は仏壇の前に座って線香に火を点(つ)けた。

「やっぱり一等賞はお母ちゃんやな」

こいしが手を合わせた。

第五話　フィッシュアンドチップス

1

朝九時過ぎに金沢を出た特急サンダーバード十四号は十一時九分に京都駅に着いた。金沢では薄(うっす)らと積もっていた雪もなく、いくらか暖かさも感じながら、手塚(てづか)きららはベージュのダウンコートを揺らせて、京都駅のコンコースを歩いている。

売店にはツリーが飾られ、流れているBGMもクリスマスソングだ。目まぐるしく季節が変わり、気づけばもう十二月も二週目だ。

十年ほども前だったら、メロディーを口ずさみ、軽やかに足を弾ませただろうが、もう何年もそんな気分になったことはない。

老いが深まった両親や、来年は小学生になる甥（おい）っ子にクリスマスプレゼントを贈ることはあっても、贈りものを心待ちにするなど、遠いむかしの話だ。

仕事仲間が集まり、クリスマスらしき飲み会を開いたとしても、心が浮き立ったりしない。

いつの間にかクリスマスはうとましいイベントとして、心をふさぐようになってしまった。

好んでそうなったわけではない。ある意味では自分でそう仕向けてしまったのだ。

京都駅の中央改札口を出ると、いやでも大階段のクリスマスイルミネーションが目に入ってくる。

きららは目をそむけ、早足で駅の外に出た。

駅のなかと違い、外は風も強く、気温もひんやりと冷たい。これが京の底冷えというものだろうか。

能登（のと）の港町で生まれ育ったから、寒さには慣れているはずなのだが、ブーツのなかの足先が凍りそうなほど冷たさが地面から伝わってきて、思わず身震いしてしまった。

毎号会社に届く〈料理春秋〉という雑誌の一行広告がずっと気になっていた。

――食捜します　鴨川探偵事務所――

会社の同僚たちはみんな、謎の広告だよね、と言っている。

たしかに謎だし、ほかになんの情報も書いてないから、頼みたくても頼みようがない。

思い切って編集部に問い合わせてみたら、存外たやすく詳細が分かった。

場所は思ったとおり京都だったが、鴨川という川とは無関係だというから、分かったようで分からない。

信頼できる探偵だと編集長は言ったが、探偵料は任意性だと聞くと、二の足を踏んでしまう。

問い合わせてから半年が経ち、ようやく意を決して足を運んでいるのだ。

編集部からFAXで送られてきた絵地図だと、たぶんこの建屋だろう。探偵事務所は奥にあって、手前は食堂だとイラストに描いてあるが、看板もなければ暖簾もあがっていない。

立ちどまったきららは、息を整えてから、ゆっくりとアルミの引き戸を引いた。

「こんにちは」

きららの声が古壁に吸い込まれる。

「食を捜してほしくてまいりましたが」

きららが続けると、すぐに奥のほうから声が返ってきた。

「はーい。今すぐ行きます」

きららはホッとした顔つきで、ダウンコートのジッパーをおろした。

「お待たせしてすんません。『鴨川探偵事務所』の所長をしてます鴨川こいしです」

黒いパンツに白いシャツ。黒いソムリエエプロンを着けたこいしが出てきた。

「突然おじゃまして申しわけありません。能登からまいりました手塚きららです。よろしくお願いします」

ダウンコートを腕にかけ、きららが頭をさげた。

「能登て能登半島のですか？　寒いとこからようこそ。どうぞお掛けください」

こいしがパイプ椅子を引くと、きららは一礼してから腰をおろした。

「コートはこっちに掛けときますわね」

ハンガーを手にしたこいしに、きららはコートを手わたした。

「おそれいります」

「能登からやったら電車ですか？」

「ええ。金沢から特急で二時間ほどなんですね。意外と近いのに驚きました」

「金沢はむかしいっぺん行きましたけど、能登までは行ったことないんです」

「京都のかたがご覧になれば、本当になにもない田舎ですよ」

「そこがええんですよ。最近の京都は作りすぎやし。自然のままが好きですねん」

「隣の芝生は青く見えるんですよ」

「そういうことやろか」

　ふたりが声をあげて笑うと、奥から鴨川流が出てきた。

「ようこそおいでやす。えらいにぎやかでよろしいなぁ」

「お騒がせしております。手塚と申します。食を捜していただきたくて参りました。どうぞよろしくお願いいたします」

　立ちあがってきららが腰を折った。

「そうでしたか。手塚はん、お腹の具合はどないです？　早めのお昼などお出ししましょか」

　藍色の作務衣を着た流は、おなじ色の和帽子をかぶり直した。

「突然うかがったのにいいんですか？」

きららが目を輝かせた。

「たいしたもんはおへんけど、寒い時季の京都でしか食えんもんを、ちょこちょこっとお出しします。それでよろしいか」

「あつかましいことで申しわけありません」

きららがこくんとうなずいた。

「なんぞ苦手なもんはおへんか？」

流の問いかけにきららは二、三度首を横に振って答えた。

「じき用意しまっさかい、ちょっと待ってとぉくれやす」

流は小走りで奥へ戻っていった。

「ご迷惑じゃなかったですか？」

座りなおして、きららはこいしに顔を向けた。

「お父ちゃんはべっぴんさんが来はったら、張り切って料理を作らはるから、遠慮は要りませんえ。それよりきららさん、お酒はどうです？　たいしたもんはありませんけど、ひと通りのお酒は用意してますし」

「昼間っから飲むのははばかられますけど、せっかくですからワインがあれば少しだけ」

「ちょうどええワインが入ってますねん。寒いときにちょっと冷えた白ていうのもええもんです。すぐお持ちしますね」

こいしが流のあとを追った。

がらんとした店のなかで、石油ストーブの明かりが温もりを醸しだしている。

珠洲にもこんな食堂があった。

特別なご馳走などなかったが、カレーライスやとんかつなど、何を食べても安くて美味しかった。

入口に掛かっていた白い暖簾は、端っこが擦りきれていたし、表のショーウィンドーに並んだ食品サンプルも変色していたけれど、ちりひとつ落ちていない店のなかは清潔そのものだった。

理想に近い店だと言って、フィアンセの鈴鹿真司を連れていったときのことを、きらはまるで昨日のことのように思いだしている。

真司はきっと、小じゃれたカフェのような店に連れていかれると思っていたに違いない。

店の前に立った瞬間、真司は目をぱちくりさせて、驚きを隠さなかった。

それはしかし、期待を裏切ったからではなく、想定外の喜びが驚きとなったからだと、あとから真司が教えてくれた。

過剰に飾りたてることなく、しかし清潔さをなによりたいせつにする。食べもの商売はこうでなくてはならない。

食堂に入って親子丼を掻(か)きこみながら、熱く語り続けた真司の横顔がまぶしかった。

「お待たせしました。先にワインをお持ちしました。日本のワインなんですけど、ほんまに美味しいんです。味見するのに、きのう封を開けたとこです。白やけどけっこう色が濃いでしょ？　皮ごとブドウを漬けこんであるんですて」

こいしがワイングラスに注(つ)ぐさまを、きららがじっと見つめている。

「きれいな色ですね。こんな白ワインは初めてかも」

「辛口なんやけど、ほんのり甘みも感じられて和食にもよう合うと思います」

「香りもいいし、飲みやすそうですね」

グラスをかたむけて口に運んだきららは、大きくうなずいた。

「ワインってブドウでできてるんだ、ってあらためて思いますね」

「でしょ？　今うちが一番気に入ってるワインですねん」

ボトルをテーブルに置いて、こいしが鼻を高くした。

「そのワインに負けん料理やとええんですけどな」

流が長手盆に載せて料理を運んできた。

「これ、わたしひとりで食べていいんですか」

三つの皿と鉢がテーブルに並ぶのを見て、きららが目を白黒させた。

「器は大きおすけど、料理はたいした量やおへん。簡単に料理の説明をさせてもらいます」

流は長手盆をカウンターに置いた。

「お願いします」

きららは前かがみになって大きく目を見開いた。

「織部の角鉢からいきます。三点盛りの左上は洋風のいもぼう。海老芋(えびいも)と棒鱈(ぼうだら)の炊き合わせですけど、お出汁(だし)やのうてブイヨンで炊いてます。上に掛かってるのはバジルソース。その横は蟹味噌(かにみそ)クリームコロッケ。味は付いてまっさかいそのままどうぞ。その下はボタンの味噌煮。猪(いのしし)肉をやらこうに炊いてます。お好みで辛子を付けて召しあがってください。次は古伊万里のたこ唐草の丸皿いきます。左上はフグ刺しのぶつ切り。おろしポン酢で和(あ)えとります。その横は牛タンの蒸しもんです。ワサビ醤油(じょうゆ)を付けて召しあがってください。その下は牡蠣(かき)の殻焼。ウスターソースに漬けて焼いてます。最後は備前(びぜん)の角皿。左上は真鴨(まがも)のロースト。そのままでもよろしいけど、柚(ゆ)

餅子と一緒に食べてみてください。ちょっと風味が変わります。その横は焼大根。薄味でさっと炊いてミルフィーユにしとります。あいだにカラスミを挟んでまっさかいサンドにして食うたら旨い思います。その下は蟹爪の天ぷらです。金時ニンジンのジュレを付けながら召しあがってください。〆には餡かけ飯を用意してますんで、適当なとこで声を掛けてください」

料理の説明を終えて、流が長手盆を手に取った。

「こんなご馳走は生まれてはじめてです。何から箸を付けて、どうやって食べたらいいのか迷ってしまいます」

料理から目を離すことなくきららがため息をついた。

「好きなもんを好きなように食べてもろたらよろしい。食べ方に決まりはおへん」

言い残して、流が下がっていくと、こいしもそれに続いた。

ワイングラスを右手に持ったまま、きららはかたまってしまった。

決まりはないと言われても、食べる順番や食べ方によって、味わいががらりと変わる。真司はいつもそう言っていた。

今ここに真司がいたら、なにから箸を付けるだろうか。

この二年間、きららはずっとそれを決まりごとのようにして生きてきた。もしも真司がいたならどうしただろうか。

迷ったときはいつもそう考え、真司が選ぶだろう道筋を歩んできた。

あたたかいものから先に食べたほうがいいよ。そんな真司の声が天井からおりてきた気がする。

きららは蟹味噌クリームコロッケを、箸でつまんで口に入れた。

食べなれている総菜屋のクリームコロッケとはまるで違うのは、当たり前のことなのだろうが、それにしても蟹味噌の濃厚な香りが、まるでくどくないのが不思議だ。付け足した味ではなく、蟹味噌とクリームが一体となってコロモに包まれている。

蟹爪の天ぷらは爪を手でつまみ、ジュレをまぶして食べてみた。揚げものがふたつとも蟹を使っているのは、ただの偶然なのか、それともなにか意味があるのだろうか。おなじ蟹なのに、その味わいはまるで違う。クリームコロッケは濃密だけど、天ぷらはどこまでも淡い。

真司がこれを食べていたら、きっと興奮して大騒ぎしていただろう。

目をうるませて、きららが長いため息をついた。

どんな本場だったとしても、あえて日本のもので勝負したい。真司はずっとそう言い続けていた。このワインを飲むと、真司の言いたかったことが手に取るように分かる。

頭で理解していても、なんとかして時計の針を二年前に戻せないだろうかと思ってしまう。

ワインに負けない料理かどうか、と流が言っていたが、そもそも料理と酒は勝負するわけじゃなく、支えあっているものだ。真司の言葉ひとつひとつが心に刺さる。

藍染の皿に載ったフグ刺しのぶつ切りを口に運ぶ。おろしポン酢の和え加減も絶妙だ。角のない酸味ながら、香り立つ清涼感がフグの味をきりりと引き締める。ポン酢も自家製に違いない。

手間ひまを掛けるだけが料理ではない。一番だいじなのは味覚のセンスだ。こういう料理を食べると、ほんとうに真司の言うとおりだと思ってしまう。

「どないです。お口に合うてますかいな」

水の入ったピッチャーを持って流が出てきた。

「ありがとうございます。口に合うなんてもんじゃありません。美味しいという言葉しか出てこないのがもどかしいのですが」

「よろしおした。どうぞゆっくり召しあがってください」

「ひとつお訊きしたいのですが」

きららが箸を置いた。

「なんですやろ？」

「これほどのお料理をお作りになるには、きっと長い修業を積んでこられたと思うのですが、どうやって修業先を見つけられたのでしょう？」

「あいにく、と言うてええのか、修業らしい修業はしたことがおへんのや。言うたら見よう見まねですわ。独学てなかっこええもんでもありまへんしな」

流が照れ笑いを浮かべた。

「本当ですか？　師匠もおられないのに、こんなお料理を？」

きららの声が裏がえった。

「心の師匠て言うたら、かっこつけすぎやろけど、そういう存在はありまっせ。義父もそのひとりやし、料理書を読み漁（あさ）った料理人もそうです。手取り足取り教わったことはのうても、ひとから学ぶことはできる思います」

「そういうことなんですね。ありがとうございます」

腰を浮かせて、きららが頭を下げた。

「食文化てな言葉をよう使いまっけど、ほかの伝統芸能やらと違（ちご）うて、料理は一代限りのもんやないですやろか。味覚やとか嗅覚やらはひとそれぞれでっさかいなぁ」

「料理は一代限り……ですか」

きららが天井を仰いだ。

「わしはそう思うてます」

笑顔を残して、流は奥へ戻っていった。

ひとりになったきららは、ワイングラスを手に取り、くるくると回しはじめた。

なぜあの食を捜そうと思ったのか。そのはじまりが音を立てて崩れてしまいそうだ。

「一代限りかぁ」

ひとりごちて、きららは波打つ黄金色の液体をじっと見つめている。

かぶりを振ったきららは、思いなおすように箸を取り、いもぼうを口に入れた。

海老芋と棒鱈の炊き合わせは、古くからの京都名物だと聞いたことがある。それを洋風にアレンジしたのだろう。食べたことがないのに、どこか懐かしい味がする。なぜなのか。

いくら考えても答えは出てこない。

思いを巡らせれば巡らすほど、迷宮に入りこんでしまうような気がする。

余計なことは考えずに、無心で食べることにしよう。そう心に決めて、きららは背筋を伸ばして残りの料理を食べはじめた。

ひと品食べるたびにうなずき、余韻を味わうかのように天井を仰ぐ。それを繰り返すうち、三つの皿と鉢はそれぞれの色と文様を明らかにしていった。

「すみません」

立ちあがってきららが声をあげた。

「ご飯にしはりまっか？」

厨房（ちゅうぼう）との境に掛かる暖簾のあいだから、流が顔をのぞかせた。

「お願いします」

ボトルの半分ほどを飲んだきららは、ほんのり頬を紅（あか）く染めている。

「すぐにお持ちします」

流が暖簾をおろした。

頼んではみたものの、餡かけ飯というのがどういうものなのか、まったく分からない。

天津飯（テンシンハン）のようなものだろうか。それとも京都独特の料理か。まさか餡子が入った甘いご飯ではないだろう。

ご馳走を食べ終えた満足感のせいだろうか。ひとり笑いしている自分がおかしかった。

ひとりで食事をしているさなかに笑ってしまうなど、何年ぶりのことだろうか。泣くことはしょっちゅうあっても、笑うことなどとうのむかしに忘れ去っていた。

「お待たせしましたな。餡かけ飯です。熱ぉすさかい気ぃ付けとぉくれやっしゃ」

流はきららの前に小さな蓋つきの飯茶碗を置いた。

「本当に餡かけご飯なんですね」

蓋をはずしてきららが小さく笑った。

「すりおろした聖護院蕪の上に、ご飯を載せて出汁餡を掛けてます。おろしショウガを天盛りにしてまっさかい、よう混ぜて召しあがってください」

小さな銀盆を小脇にはさんで、流がまた戻っていった。

蕪とご飯を一緒に？　そこに餡を？　きららにとっては謎だらけの料理だ。

まずは香りをとばかりに、鼻を近づけて、きららはうっとりと目を閉じた。出汁餡と言っていたが、鰹や昆布だけではない。複雑かつ芳しい香りが漂っている。ショウガの香りが際立ってはいるが、それを上回る不思議な香りが鼻腔をくすぐる。

きららは添えてあったレンゲを使って、餡かけ飯を口に運んだ。

なんの出汁だろう。食べたことのない味のような気がする。魚のようだが、どこか肉のような味もして、お腹もだが心まであたたかくなる味わいだ。

これを食べただけで今日いちにちしあわせでいられる。真司が願っていたのはこういう料理のことに違いない。

踏ん切りがついた。さぁ、捜してもらうことにしよう。

「ごちそうさまでした」

立ちあがったきららは、明るい声を奥に向けた。

「お済みでしたか。どうぞ奥へご案内します」

腰からさげた手ぬぐいを使いながら、流が厨房から出てきた。

「とても美味しかったです。よろしくお願いいたします」

「よろしおした」

流が手招きすると、きららは小さく頭を下げて歩きだした。

表構えからは想像もできないほど、細長い廊下が奥へと続いている。

廊下の両側にはびっしりと料理写真が貼られ、流はそれに目をくれることもなく、足早に歩を進めてゆく。

「このお料理はぜんぶ鴨川さんがお作りになったものですか？」

足を止めてきららが写真に目を近づけた。

「たいていそうですな。レシピてなもんを書き留めるのが面倒やさかい、こないして写真に撮って残してます。最近はデジカメで撮ったもんをデータカードに残してますんで、プリントすることも減りましたけどな」

流が振り向いた。

「それにしてもレパートリーが豊富なんですね。和洋中なんでもあるし、見たこともないようなお料理もある」

「料理を作るのが好きなんですわ。さいぜんも言いましたけど、見よう見まねっちゅうやつで、どっかの店で食べて旨かったら、かならず自分で作ってみとぉなりますんや」

流が前を向いて歩きはじめ、きららもゆっくりとそれに続いた。

好きなことを仕事にできれば、それほどしあわせなことはない。いつも真司が言っていた言葉を思いだしながら、きららは左右の壁に貼られた写真を目で追った。

「あとはこいしにまかせますんで」

流がノックするとすぐにドアが開いた。

「どうぞ」

ドアノブを持ったまま、こいしが顔をのぞかせた。

「失礼します」

きららが部屋に入るのをたしかめて、流は廊下を戻っていった。

「早速ですけど、これに記入してもらえますか。簡単でいいです」

こいしがバインダーをローテーブルに置いた。

「分かりました」

ロングソファの真ん中に腰をおろして、きららがバインダーをひざの上に置いた。

「コーヒーかお茶かどっちがよろしい？」

「コーヒーをいただきます」

きららの答を聞いて、こいしはコーヒーメーカーをセットした。

「寒いことないですか？　古い家やさかいストーブ焚いててもすきま風が入ってくるんで」

「実家も古い家でしたから寒いのは平気です。海が近い家だったので、冬はもっともっと寒かったですよ」

ペンを走らせながら、きららが答えた。

「能登の海沿いてええ感じですね。演歌の世界やわ」

こいしがふたつのカップをソーサーに載せて、ローテーブルに置いた。

「ありがとうございます」

きららはバインダーを元の位置に戻した。

「手塚きららさん。うちの五つ下なんや。金沢に住んではって、業務用食品会社にお勤めと。料理のプロですやんか」

「プロとはほど遠いですよ。試食をして営業するだけでわたしはなにも作ってませんし」

「どんなもんを試食しはるんですか？」

「うちのクライアントさんは居酒屋が多いものですから、お酒のアテになるようなものはなんでも。珍味類から冷凍の揚げ物、焼き魚の真空パックとか」

「なんでもあるんや。うちらも知らんうちに居酒屋さんで食べてるんでしょうね」

「たぶん」

きららが意味ありげに笑った。

「本題に入りますけど、きららさんはどんな食を捜してはるんですか」

こいしはローテーブルにノートを広げた。

「フィッシュアンドチップスなんです」

間髪をいれることなく、きららが即答した。

「フ、フィッシュアンド、チ、チップス、ですか」

こいしは目をぱちくりさせた。

「はい」

きららがくすりと笑った。

「名前は聞いたことあるんやけど、どんな料理でしたっけ」

「イギリスの名物料理で、白身のお魚を揚げたものにポテトフライを添えたものです」

「そうそう。思いだしました。京都駅の近くのパブで一回食べたことあります」

こいしがノートにイラストを描き始めた。

「一回だけですか？」

きららが寂しげな顔をこいしに向けた。

「前にも食べたかもしれませんけど、あんまり記憶に残ってませんわ」

こいしが描いたイラストは似て非なるものだ。きららは苦笑いしながら、こいしのペンを借りて描きなおしている。

「一般的にはそうなんでしょうねぇ。わたしも三年ほど前までは、一度も食べたことがありませんでした」

「ですよね。こんなん言うたらなんやけど、あんまり美味しいとは思わへんかったような記憶があります」

「最初はわたしもおなじでした。でも、いろんなお店で食べるようになって、考えが変わりました」

「そのお店のを捜してはるんですね」

「違うんです。まだ食べたことのないフィッシュアンドチップスを捜しているんです」

ペンを置いて、きららが顔を上げた。

「食べたことのない……ですか。いわくがありそうですね。じっくりお話を聞かせてください」

ノートのページを繰って、こいしがペンをかまえた。

「三年ほど前のことでした。うちの会社は食品卸がメインなのですが、開業相談のようなコンサル事業もやっているんです。ある日、脱サラして飲食店を始めたいという男性が訪ねてきました。鈴鹿真司さんといってわたしの三歳上でした。当時はその担当部署にいたので応対しましたが、フィッシュアンドチップスの専門店を開きたいという相談でした」

「異色て言うか、あんまり儲(もう)かりそうにない店ですね」

「そうなんです。馴染（なじみ）のない食でしたし、気乗りしなかったのですが、どんな相談にも真摯に向きあう、というのがうちの社の方針なので、わたしなりに調べはじめたんです」

「食べられる店も少なかったやろし、大変やったんと違います？」

「はい。でも鈴鹿さんがあまりにも真っすぐで真剣なので、とことんお付き合いしないといけないないなと思いはじめて」

「ひょっとして、その鈴鹿さんを好きにならはった？」

「はい」

きららは紅く染めた顔を縦に振った。

「やっぱり。そんな気がしてたんですよ」

こいしはノートにハートマークを並べた。

「こう言ってはいけないのでしょうが、飲食店をやりたいと言って相談にみえるかたって、わりと安易な考えでいらっしゃることが多いんです。でも真司さんは真剣そのもので、その熱意がひしひしと伝わってくるんです」

きららがこぶしを握りしめた。

「惚（ほ）れこんでしまわはったんや。ええなぁ、そういうの」

こいしがうらやまし気に言った。

「最初は消極的だったのですが、あまりの熱意にほだされて、気が付けばわたしもおなじ夢を追いかけるようになってしまいました。あまり馴染がない、ということは希少性もあるし、うまくいけばブームを起こせるかもしれない。真司さんの熱病がわたしにもうつってしまって」

きららは輝かせた目で遠くを見遣(みや)った。

「なんか小説になりそうな話ですね。朝ドラにありそうな展開が気になりますわ」

「自分で言うのもおかしいですが、本当にそんな感じでした。ひょっとすると大化けするんじゃないか、と思うようにさえなって。いえ、けっして大儲けしようとか、そういうんじゃないですよ。きっと真司さんの夢は叶(かな)うに違いない。そう確信し始めたんです」

きららは声を弾ませている。

「完全に惚れこんでしまわはったんや。臆病なうちにはうらやましい限りですわ」

こいしは笑顔でペンを何度もノックしている。

「実を言うと、わたし最初の恋愛で大失敗しているんです。同僚やクラスメイトたちが次々に結婚していって、あせっていたのでしょうね。結婚詐欺の常習犯につかまってしまって。両親にもずいぶん迷惑を掛けました」

「そんなことがあったんや。気持ちはよう分かります。うちも同級生はほとんど結婚してしもたし。今さらあせってもしゃぁないなぁ、て開き直ってますけどね」

「そんなこともあって、恋愛には慎重だったのですが、それだけに少しは男性を見る目も養うことができたかなと思って、積極的になってしまったんです。上司も背中を押してくれて、会社をあげて応援するとまで言ってくれたんです」

「なんやワクワクするなぁ。ドラマみたいな展開になるんでしょうね。ほんで、どうなったんですか？」

ペンを置いて、こいしが身を乗りだした。

「フィッシュアンドチップスって、わたしたちには馴染がなくても、イギリスではふつうに食べているものなので、思いきって、英国大使館にメールを出して相談してみたんです。そしたらすごくていねいに回答してくださって、お店を何軒か紹介していただきました。そんなお店を順番にふたりで食べ歩いているうち、真司さんは、どうせなら本場で勝負したいと言い出すようになったんです」

「本場て、もしかしてイギリスで、ていう意味ですか？」

「はい。日本ふうにアレンジしたフィッシュアンドチップスは絶対イギリスでも人気になるはずだ、と言って」

「ますます朝ドラやなぁ」

こいしはノートにテレビのイラストを描いている。

「今にして思えば、まさにそんな感じでしたね。彼の部屋で箱ワインを飲みながら、夜な夜な夢を語り合って、一番しあわせな時期でした」

きららがしずかに目を閉じた。

きららの言葉から、先の展開を薄らと感じとったこいしは、黙ってペンを握りかえした。

しばらくの沈黙が続いたあと、きららが重い口を開いた。

「イギリス行きなんか無謀だ。そう言って止めればよかったのに、あろうことか、わたしは思いきり背中を押してしまった。悔やんでも悔やんでも、悔やみきれません」

みるみるきららの瞳に涙がたまった。

「うまいことといかへんかったんですね」

こいしは小さなバツ印をノートに描いた。

「最初はなにもかも、うまくいってたのですが……」

きららはかたく唇を嚙んだ。

「つらいお話やったら飛ばしてもらってもいいですよ」

こいしが気遣った。

「いえ。このお話をしないと捜していただけませんので」

気を取りなおすように、きららが居住まいをただして続ける。

「リヴァプールという港町の、大聖堂近くという願ってもない場所に物件が見つかりまして、そこでフィッシュアンドチップスの店を開くことになりました。古い赤レンガ造りの小さな家でしたが、真司さんの退職金で充分まかなえるほどのお値打ち価格でした。一階を店舗にして二階をふたりの住まいにしようと、真司さんは自分で図面を引いて、改装計画を立ててました。真司さんは商社に勤めていて海外勤務も多かったので、海外移住になんの抵抗もなかったようですが、さすがにわたしのほうは家族を説得するのに少しばかり時間が掛かりました。そんなわけもあって、真司さんが先に行って、わたしが半年後に追いかける、そんな段取りになっていました」

ひと息ついて、きららはコーヒーカップをかたむけた。

「失礼ですけどご結婚は？」

こいしが訊いた。

「真司さんはリヴァプールで挙式したいと言って、婚約だけはしたのですが、籍は入れていませんでした」

「きららさんのご両親からしたら、不安ていうか心配やったでしょうね」

「何度も実家に来てくれて、資金のことも含めて率直に説明してくれたので、そういう意味では両親も心配していませんでした。礼儀正しいひとでしたし、父とも馬が合うようで、よく一緒にお酒も飲んでいましたから。ただ、やはり親としては外国へ行ってしまうということへの不安というか、寂しさはあったと思います」

「そうですよね。どんなええひとやったとしても、娘が外国へ移住するとなったら不安になって当然ですよね」

「どんなに人柄がよくても、娘の婚約者が商社勤めを辞めて、外国で水商売を始めるのですから、不安にならない親はいないでしょう。今さらですが、よく許してくれたと感謝しています」

「それで肝心のフィッシュアンドチップスですけど」

こいしが話を本筋に戻した。

「すみません。余計な話ばかりしてしまって」

「いえいえ、ええんですよ。そういうお話も捜すときの参考になりますから」

こいしがノートのページを繰った。

「これという決定版がないのに、真司さんは向こうへ行ってしまいました。そんなことで大丈夫なのだろうかと心配していたのですが、どうやら彼のなかでは最終形が見えていたようで、あとはその材料を現地で調達できるかどうか、だけだったみたいです。現地に着いてから半月経ったときでした。自信作ができあがったと真司さんから連絡がありました。店の近所のひとに試食してもらったら大評判だったと大喜びしていました」

「よかったですやん。日本人とイギリス人では嗜好も違うやろし、向こうで受け入れられへんかったら続きませんもんね」

「よかった、これで一件落着。本当にホッとしたんですが、それがどんなフィッシュアンドチップスになったのか気になりますよね。すぐにでも食べたいと思って、レシピだけでも教えて、と連絡したのですが、来てからのお愉しみ、だと言って教えてくれなかったんです」

「サプライズを狙うてはったんや。よっぽど自信があったんでしょうね」

「だと思います。なんでも地元の新聞社が取材に来て、ナンバーワンだと言ってくれたそうで、絶対売れると確信していたようです」

「すごいですね。日本で言うたら、イギリスから来はったひとが作らはったお寿司が一番、て新聞記者さんが誉めはったみたいなもんですやんか」

「多少はリップサービスもあるのだろうとは思っていましたが、実際に売れていたようで、オープン直後から行列ができる店になった、って写真を送ってくれましたし」

きららがスマートフォンを操作し、写真を映しだしてこいしに見せた。

「ほんまや。イギリス人も並ばはるんですね。本場のひとが行列を作らはるんやから、快挙ていうてもええんと違いますか」

こいしがスマートフォンに目を近づけた。

「最初は半信半疑だったのですが、ほんとうに地元で受け入れてもらっているのだと分かって、涙が出るほどうれしかったです」

きららは瞳を潤ませている。

「本場やのに、日本から来たフィッシュアンドチップスにこんだけ並ばはるんやから、よっぽど美味しいんでしょうね」

「一刻も早くどんなものなのかレシピだけでも知りたいと思って何度もメールするのに、かたくなに教えてくれないんですよ」

「分かった。ちょっとでも早ぅ来て欲しいさかい、じらしてはるんや。言い方悪いけど、馬にニンジンみたいなもんですやんか。そのフィッシュアンドチップスを食べたいがために、きららさんがイギリス行きを早める。それを狙うてはったんに間違いないでしょう」

「どうやらそうだったみたいです。でも、その彼の気持ちがあだになって、結局最後まで分からず終いだったのですが」

きららの顔が一気に雲った。

「ていうことは、きららさんはイギリスに行かはらへんかったんですね」

こいしがノートにイギリス国旗のイラストを描いた。

「行かなかった、というより、行けなかった、んです。フィッシュアンドチップスも真司さんも消えてしまったので」

「消えた？　どういう意味です？　失踪しはったとか？」

こいしの問いかけに、きららは無言でかぶりを振り、やがてその目から涙があふれだした。

「ごめんなさい。余計なことを言うてしもたみたいやね。お前はいっつもひと言多い、てお父ちゃんに怒られてるんです」

こいしが肩をすぼめた。

「いいえ。あやまるのはわたしのほうです。取り乱してしまってごめんなさい」

きららはハンカチで目頭を押さえながら、小さくおえつをもらしはじめた。

こいしはしばらくノートを見つめていたが、間をおいて口を開いた。

「よっぽどつらいことがあったんですね」

「……」

うなずいたきららは、口を開こうとするが、なかなか言葉にならない。

こいしがノートに渦巻き模様をいくつも並べていると、咳ばらいをして、ようやくきららが口を開いた。

「真司さんがリヴァプールに行って、三か月経ったときでした。真司さんのお母さんから連絡があって、火事に遭って亡くなった、と」

「誰がですか？　彼がですか？」

こいしが高い声を出した。

「真司さんが焼死したんです」

きららが肩を落とした。

「うそですやろ。まさかそんなことが……」

こいしが瞳をうるませた。

「わたしも信じられませんでした。冗談じゃないか、悪い夢をみてるんじゃないかと一瞬思ったのですが」

きららが長いため息をついた。

「火事……。まさか、と思いますよね」

「とても用心深いひとでしたから、ほんとうに信じられませんでした。お隣からのもらい火だったと聞いて、どこに怒りをぶつけていいのか、苦しみました」

「彼のご両親もお気の毒に」

「後追いでもなさるんじゃないかと心配になるほど、憔悴しきっておられました」

「どんなにつらい思いをしはったやろ」

こいしが顔をゆがめた。

「向こうでだびにふされて、お骨だけを持って帰ってこられました」

「きららさんは現地に行かはらへんかったんですか」

「哀しい思いをするだけだから、とご両親に止められて」

「たしかに」

「ずいぶん迷ったのですが、まだ籍も入れていない身で、差し出がましいのでは、とうちの親も言ったので行きませんでした」

「つらい立場でしたね」

「婚約者といっても、ただの他人にしか過ぎませんから。でも、気持ちでは身内同然でしたし、ご両親にもそう思っていただいていたのですが」

「いつのことやったんですか？」

こいしがペンをかまえた。

「二年と少し前のことになります」

「つまり捜してはるのは、彼が現地で作って売ってはったフィッシュアンドチップスなんですね」

「はい」

きららが短く答えた。

「どんなもんやったか。少しは分かったんですか？」

「捜して欲しいと頼んでおきながら、ほんとうに申しわけないのですが、ほとんどなにも分からないんです」

きららはローテーブルに目を伏せた。

「なんぼなんでもイギリスまで捜しに行くのは無理やろし、ていうか行っても分からへんでしょうね」

こいしはノートにクエスチョンマークを描き並べている。

「お店は全焼してしまったので、なにも残っていないようです。二階の住まい部分も焼けてしまったらしいので」

「どなたかレシピを聞いてたひとていませんかねぇ。もしくは食べたことがあるひととか」

「現地のひとしか食べていませんし、日本では誰も知らないんです。ふたりで食べに行ったお店のシェフだとか、心当たりがあるひとには聞いてまわったんですがどなたもご存じありませんでした」

きららが声を落とした。

「フィアンセのきららさんが聞いてはらへんのやから、ほかのひとが聞いてはるはずないですよね。となると、めっちゃ難問やなぁ」

こいしは腕組みをして椅子の背にもたれかかった。

「やっぱりむずかしいですよね」

きららもソファに背中をあずけた。

「なにか少しでもヒントになるような話はありませんか？　ちょっとしたことでもええので、思い当たることがあったら教えてください」

背中を起こして、こいしがノートのページを繰った。

「よっぽどわたしを驚かせたかったんだと思うんですが、ほんとうになにも教えてくれなかったんです。わたしが探りを入れても、いつもはぐらかしてばっかりで。少しぐらいヒントをくれてもよかったのに」

うらめしそうな目つきで、きららが天井を見上げた。

「地元の新聞社が取材に来てくれはったて、さっき言うてはりましたけど、その記事のコピーとかないんですか？」

こいしが訊いた。

「そうなんですよ。わたしも真司さんのご両親も動転していて、そこまで気が回らなかったんです。現地に行ってらしてたんですから、入手できたはずなんですよね。ほんとうに悔やまれます」

きららは歯噛みして悔しがった。

「ヒントゼロかぁ。なんぼお父ちゃんでもこれでは捜しようがないやろなぁ」

「すみません」

両手をひざの上に揃えてきららが頭を下げた。

「ふたりでフィッシュアンドチップスを食べ歩いてはったときのことを聞かせてください。どんなお店に行かはったか。そこで食べてどんな感想を言うてはったか」

「それはちゃんと控えています。一緒に行った二十八軒のお店の名前と食べたときのふたりの感想、値段だとかは、わたしが記録することになっていて、たえず共有していましたし、それがベースになっているのはたしかだと思います」

きららがスマートフォンのメモアプリを開いた。

「あとでそれをうちにも送っておいてください。なにかのヒントになるかもしれんし」

こいしはノートに書きつけている。

「だといいんですが、真司さんがいつも言ってたのは、本場ものを真似(まね)ても本場には負ける。はじめて食べたものなのに、食べると懐かしくなる。そんなフィッシュアンドチップスを作りたいんだ。ずっとおなじことを言ってました」

きららが天井を仰いだ。

「日本で言うたら、鶏(とり)のから揚げみたいにポピュラーな食べもんやし、外国のひとが似たようなもん作らはっても、あんまりウケへんやろなぁ。けど、イギリスふうの唐揚げとかやったら、いっぺん食べてみたいと思いますよね。それとおんなじことなんやろな。はじめてやのに懐かしい味。それってお父ちゃんもよう言うてはります。美味しいと感じるもんは、かならずどっかに懐かしさが潜んでるんや、て」

こいしもきららとおなじほうに目を遣った。

「そう言えば……」

きららが視線を戻すと、こいしはあわててペンを取った。

「なんです？　なにか思いださはりました？」

「子どものころの記憶をたどって思いついたフィッシュアンドチップスだと真司さんが言ってました。具体的なことはなにも教えてくれませんでしたけどね」

「うーん。ヒントになるような、ならへんような。微妙なとこですね」

こいしは子どもが手づかみで食べているイラストをノートに描いた。

「ほんとうに頼りない話で申しわけありません。なんとか捜しだしていただければうれしいです」

きららが頭を下げた。

「そうそう。だいじなことを訊くのを忘れてました。きららさんは、なんで今になって、そのフィッシュアンドチップスを捜そうと思わはったんです？」

こいしがノートのページを繰った。

「真司さんの三回忌が済んだら、彼の遺志を継いでフィッシュアンドチップスのお店を開こうと思ったんです。二年のときが経っても忘れるどころか、真司さんとの夢を果たせなかったことが悔しくてしかたがないんです。彼が作ったフィッシュアンドチップスを、イギリスではなく日本でリベンジしたい。そう思ったんです」

「なるほど。そういうことやったら、なにがなんでも捜しださんとあきませんね」

「でも……」

「大丈夫。お父ちゃんやったら、きっと捜してきはると思います」

「違うんです」

「なにが？」

こいしが首をかしげて、きららの目を見つめた。

「ご両親に反対されたんです」

きららが声を落とした。

「なんでです？」

こいしはペンをかたく握りしめた。

「いつまでも真司のことを引きずってほしくない。そうおっしゃって」

きららはもどかしげに両手の指を何度も組み替えている。

「そうかぁ。分かるような気がします。向こうの親御さんにしてみたら、きららさんにしあわせになって欲しいと思わはるやろし、別の道を歩んでほしいと思わはったんやろねぇ。なんかつらいなぁ、どっちの気持ちもようよう分かるし」

「ご両親のお気持ちは痛いほど分かるんです。どんなことがあっても、もう真司さんは戻ってこないんだし、いつまでも引きずっているわけにはいかない。頭では理解しているんですが、どうしてもここが」

こぶしで胸をたたいて、きららが声を詰まらせた。

「押すのか引くのか。むずかしい選択ですねぇ」

こいしが長いため息をついた。

「答えは真司さんのフィッシュアンドチップスにあるような気がするんです。それを食べれば心が決められる。そう思っています」

きららは真っすぐにこいしの目を見た。

「もうひとつ。なんで彼はフィッシュアンドチップスのお店をやろうと思わはったんです？　そのわけとかは聞いてはります？」

こいしがノートの綴じ目を手のひらで押さえた。

「真司さんいわく、鈴鹿の家は代々貧しかったそうで、特に真司さんのお父さんは極貧と言ってもいいような家で育たれたそうです。給食費も払えないぐらいの暮らしで、食べるのがやっと、という生活だったと聞きました。さすがに真司さんはそこまで苦労はしなかったけれど、幼いころからお父さんの苦労話を聞いていて、裕福な家庭でなくても、安くて美味しくてお腹いっぱいになるような食べもの屋さんをやりたいと、ずっと思っていた。真司さんはそう言ってました」

話し終えてきららが顔を上げた。

「分かりました。それもなにかのヒントになるかもしれません。お父ちゃんに気張って捜してもらいます」

ペンを置いて、こいしがノートを閉じた。

ふたりが食堂に戻ると、読んでいた新聞をたたんで流が迎えた。

「あんじょうお聞きしたんか」

「しっかり聞かせてもろたけど、今回はめっちゃ難問やで。お父ちゃんには気張ってもらわんと」

こいしは大きな音を立てて、流の肩をはたいた。

「今回だけやあらへん。いっつも難問やし、いっつも目いっぱい気張っとるがな」

顔をしかめて流が肩をさすった。

「頼りない話で申しわけありません。どうぞよろしくお願いいたします」

きららが深々と頭を下げた。

「なにがどうなんやら、さっぱり分かりまへんけど、せいだい気張らせてもらいます」

「探偵料は後払いだと聞いてますので、今日のお食事代を」

きららがバッグから長財布を出した。

「それも一緒でけっこうです。次は二週間後の予定ですけど、ひょっとするともう少し時間が掛かるかもしれません。電話で連絡させてもらいます」

こいしの言葉を聞いて、きららはコートを羽織った。

「これからお帰りでっか?」

流が送りに出てきた。

「いいえ。今日は京都に泊まります。せっかくの京都ですから」

「京都は寒いさかい気ぃつけてくださいねぇ」

「ありがとうございます」

ふたりに一礼して、きららは正面通を西に向かって歩きだした。

「難問てなんやねん」

きららの背中を見ながら、流がこいしに訊いた。

「フィッシュアンドチップス」

「なんやて？」

流が耳をそばだてた。

「フィッシュアンドチップス」

こいしが英語らしい発音で繰り返した。

「変わったもんを捜してはるんやな。たしかにむずかしそうや」

流が店に戻ると、こいしはそのあとを追った。

「ほんまにむずかしいで。ひょっとしたらイギリスへ行かんならんかもしれんし」

「イギリスか。ちょっと遠いな」

肩をすくめて流が笑った。

2

クリスマスイヴを目前に控え、京都の街なかはクリスマスカラーにあふれている。

コロナ禍が一段落しているせいか、京都駅のコンコースを行き交う人々の顔も晴れやかで、プレゼントらしき紙袋を持つ姿も少なくない。

三年前までの自分がそうだったように、軽やかな足取りで思い人のほうへ向かっているのだろう。

京都駅を出たきららは、ひと波に逆らいながら小走りで烏丸通を北へ向かった。

二度目は近く感じる。あっという間に『鴨川探偵事務所』までたどり着いたきららは、紅く充血した目をしばたたき、ためらうことなく引き戸を引いた。

「こんにちは」

「はーい」

間をおかずこいしの声が店のなかに響いた。

「遅くなって申しわけありません。風で電車が遅れたものですから」

「そうみたいですね。湖西線(こせいせん)て風に弱いみたいやから、運休にならへんだけましやな、てお父ちゃんと言うてたんですよ。うちはこのあとの予定もないし、気にしてもらわんでも大丈夫ですよ」

「ありがとうございます」

きららは脱いだコートをコート掛けに掛けた。

「おこしやす。たいへんでしたな。電車のなかは寒いことおへなんだか」

奥から出てきた流が和帽子を取った。

「おかげさまで電車は暖かくて長時間でも苦になりませんでした」

「よろしおした。すぐにご用意しまっさかいに、ちょっとだけ待ってとぉくれやっしゃ」

茶色の和帽子をかぶり直して、流は早足で奥へ戻っていった。

「よく捜しだしてくださいましたね」

きららはパイプ椅子に腰かけた。

「ほんまに。うちも無理違うかなぁて思うてたんですけど、さすが元刑事ですわ。お父ちゃんがむかしの伝手を頼って見つけはりました」

こいしが鼻を高くした。

「頼んでおいて言うのもなんですが、ほとんどあきらめていたんです。捜しだしていただいて、ほんとうに感謝しています」

腰を浮かせてきららが頭を下げた。

「お礼を言うてもらうのはまだ早いですよ。ぜんぜん見当はずれかもしれんし、これや、て納得してもろてからでないと」

こいしが苦笑いした。

「どんなフィッシュアンドチップスだったのか。ワクワクして昨夜はほとんど眠れませんでした」

「うちも試食して意外やったけど、なるほどと思いました。愉しみにしててくださいね」

こいしは急須の茶を湯呑に注いで、きららの前に置いた。

「はい」

湯呑を両手で包み込んで、きららがゆっくりと茶をすすった。

こいしが言った、意外という言葉がきららの胸のなかにこだましている。

意外に美味しかったのか、意外とまずかったのか。どっちだったのだろう。ほどなくすればその結果が分かるのに、気になってしかたがない。なにをそんなに焦っているのか。きららは自分に問いかけた。

油で揚げる音が厨房から聞こえてきて、芳ばしい香りもゆらゆらと漂ってきた。

自分でフィッシュアンドチップスを揚げたことがないので、こういうものなのかと思う反面、どことなく鶏のから揚げのような香りもしているようで、顔を上げてきららは小鼻をふくらませた。

「おしぼり置いときます。手で食べたほうがええてお父ちゃんが言うてますので。熱いさかい気ぃつけてくださいね」

厚いタオル地のおしぼりから湯気が上っている。

「ありがとうございます」

きららは木のおしぼり置きを傍らに置いた。

「お待たせしましたな」

銀盆に載せて、流がフィッシュアンドチップスを運んできた。

「これが……」

楕円(だえん)形の竹籠に盛られたフィッシュアンドチップスを見るなり、きららが涙ぐんだ。

「そっくりそのまま、っちゅうわけにはいきまへんけど、鈴鹿真司さんがリヴァプールのお店で出してはったもんです。チップスは一種類やけど、フィッシュのほうは丸と四角の二種類です。三つでワンセットにして売ってはりました。丸いほうはそのまか、添えてあるライムをしぼって食べてください。四角いほうは魚の形のいれもんに入っとるソースを掛けるようになってます」

流が説明しているあいだ、きららは食い入るようにしてフィッシュアンドチップスを見ている。

「二種類だったんですか。たしかに意外です。形だけじゃなくて、味も違うんですね」

「食べてのお愉しみ、っちゅうやつですわ。じっくり味おうてください」

流が目くばせし、こいしと一緒に下がっていった。

はやる気持ちを抑えるように、きららはフィッシュアンドチップスから目を離すことなく、大きく深呼吸した。

丸いのと四角いの。なんだか真司らしい愛らしさだ。どっちを先に食べればいいのか、流に聞いておけばよかった。

――丸いほうが先だよ――

真司の声が聞こえたような気がした。

おしぼりで手を拭ったきららは、いくらか濃い色に揚がった、丸いほうを手づかみで口に運んだ。

真司の狙いにみごとにはまってしまった。初めて食べるのに懐かしいのだ。いつ、どこで食べたかは思いだせないというか、思い当たることがないのに、まるで故郷の空気のような懐かしさが鼻先をくすぐっている。

冷静に味を分析するなら、から揚げの鶏を白身の魚に変えたものだ。鶏肉に比べて味が染みやすいからだろう。ほんのりという感じだが、それでもやはり噛めばタレの味が染み出してきて、ほっこりとした味が口いっぱいに広がる。

鶏肉ほどではないが、そこそこ弾力があって、むちッとした噛みごたえは、ほかに比べるものがない。

ポテトは見た目にはふつうだったが、噛むとどこかしら和風の味わいになる。なぜなんだろう。醤油を使っているふうには思えないのだが。

お茶をひと口飲んで、四角いほうに掛かる。小さな魚の形の容器が懐かしさを誘う。子どものころに近所のお寿司屋さんから出前を取ると、かならずこの醤油入れが付いてきた。

たまの贅沢（ぜいたく）とこの醤油入れは、今にして思えばミスマッチだが、使ったあとに水を入れて遊んだりしたのも懐かしい思い出だ。

もちろんイギリスにはこんなものは存在しないだろうから、珍しいものとして目に映ったに違いない。

なかに入っているのは醤油ではなくウスターソースだった。

ソースを数滴たらして四角いフライの角をかじってみる。

丸いほうにも増して懐かしさが込みあげてくるのは、いったいなぜなのだ。

白身魚のフライなのだが、ふわりとした噛みごこちといい、ねっとりとした食感といい、これまでに食べた記憶はない。

そしてなによりこのソースだ。ほどよく酸味が利いていて、ウスターソースにありがちな甘みはほとんど感じられない。

甲乙つけがたいというのは、こういうことを言うのだろう。どっちも個性がはっきりしていて、好みが分かれるかもしれないが、自分としてはどっちも好きだ。どちらかを選べと言われたら、頭を抱えてしまいそうだ。

もしかすると真司もそうだったのかもしれない。二種類思いついて、どちらかひとつを選ぼうとして、決めきれなかったのだ。いくらか優柔不断なところもある真司の性格が功を奏した。

そう決めこんだきららは、何度もうなずいた。

意外だったというこいしの言葉が頭のなかでリフレインする。

意外だと言えば意外だし、予想どおりとも言える。

これを作ってイギリスで売っていた真司は、満足していたのか、それともまだ改良すべきだと思っていたのか。どっちだろう。

仮に後者だとしても、自分には荷が重すぎるし、前者だとすればこれを継げるかどうかまるで自信がない。

遺志を継ぐなんて気負ってみたものの、実際にそれを果たすことなどできないだろう。

「どないです？　思うてはったもんとおなじでしたか？」

奥から出てきた流が傍らに立った。

「ほとんど思い浮かびませんでしたから、意外なような、順当のような、正直よく分かりません。美味しかったことは間違いないのですが」

きららは困惑したような表情を隠すことなく答えた。

「鈴鹿はんはよう思いつかはったなぁ、っちゅうのがわしの感想です」

「詳しいお話を聞かせていただけますか」

きららが流に顔を向けた。

「失礼して座らせてもらいますわ」

きららと向かい合ってパイプ椅子に腰かけた流は、テーブルにタブレットを置いた。

「とても失礼な言い方になると思いますが、今いただいたフィッシュアンドチップスは、真司さんがリヴァプールで売っていたものに間違いないのでしょうか」

きららが正面から流の目を見つめた。

「百パーセントおんなじもんやとは言えまへんけど、大まかには再現できた思うてます」

流がその目を見つめ返した。

「ありがとうございます。どうやって捜しだしていただいたのですか？」

きららの視線は鋭さを増した。

「さすがに現地まで行くことはできまへんでしたんで、刑事をしとったころの伝手を頼って、向こうの新聞社と連絡を取ることができました。この記事のことはあなたもご存じやと思います」

タブレットを操作して、流がディスプレイをきららに向けた。

「この記事を書かはった記者はんに連絡を取りましてな、お店のことを詳しいに訊きましたんや」

「うちが英語で訊いたんですよ」

鼻を高くして、こいしが横から口をはさんだ。

「ありがとうございます」

きららが腰を浮かせた。

「鴨川探偵事務所長なんやさかい、それぐらいはしてもらわんとな」

流は横目でこいしをにらんだ。

「その記者さんがレシピをご存じだったんですね」

きららが話を本筋に戻した。

「日本人が来て飲食店を開くだけでもめずらしいのに、それがフィッシュアンドチップスてなイギリス人のソウルフードやったさかい、えらい興味を持ったんでっしゃろな。まるまる三日間掛けてインタビュー取材したんやそうです」

流がディスプレイに映しだしたのは、白髪交じりの初老の男性だった。

「三日間も……」

きららはじっとその写真を見つめている。

「最初は反発心からやったそうです。そらそうですわなぁ。イギリスから来たひとが京都で、イギリスふうのうどん屋やるみたいなもんでっさかいな。なにをしてくれるんや、て不快に思いますがな。日本ふうのフィッシュアンドチップスやて？　いっぺん食べてみたろやないか。まずかったらクソミソに書くさかいな。取材する前はこの記者はんもそう思うとったんですわ。せやな？　こいし」

流がこいしに向きなおった。

「そんな関西弁とは違うけど、まぁまぁ合うてる」

こいしが苦笑いした。

「それが実際に食べてみたら旨い。だけやのうて、それを作ってる日本人が素晴らしい人柄やった。それでこの記者はんはほれ込んでしまわはったんですわ」

「とってもうれしいです」

きららは輝かせた目を涙で光らせた。

「生まれてからこれまで数え切れんほどフィッシュアンドチップスを食べてきたけど、こんな旨いのは初めてや。どないして作ってるのか教えてくれんか？　と鈴鹿はんに訊ねたら、包み隠さんと教えてくれはった、というわけで、これを再現できたんですわ」

「そうだったんですか。真司さんの人柄がつないでくれたんですね」

「詳しいレシピは、記者はんから聞いたことをこいしが翻訳しよったんで、それをわたしときます。食べて分かったやろと思いまっけど、丸いほうは鶏のから揚げのタラバージョンですわ。ええ思いつきや思います。四角いほうは、タラを刻んでミンチ状にしたんを四角ぅまとめて、細目のパン粉を付けて揚げたもんです。若いひとはご存じないやろけど、わしら年輩のもんは学校給食で食べた覚えがありますんで、懐かしい味ですわ。スティックて言うてね」

流はタブレットを操作して、次々と写真を見せた。

「スティック？」

きららが首をかしげた。

「うちも知らんかったんですけど、むかしの給食では人気メニューやったみたいですよ。インタビューのなかで、記事にはならへんかったけど、真司さんのお父さんがいっつもこのスティックの話をしてはって、よう作ってくれはったそうです。それをアレンジしはったみたいですよ」

こいしが横から言葉を足した。

「お父さんの……。そういうことだったのですか」

納得したように、きららが大きくうなずいた。

「そんなことがあったからなんですやろな。鈴鹿はんはリヴァプールの貧しい子どもらに、無料でこのフィッシュアンドチップスを配ってはったんやそうです」

「なんとなく分かります。真司さんはいつも、子どもたちにお腹いっぱい美味しいものを食べさせてあげたい、って。お父さんの苦労話が心に深く刻まれていたのでしょうね」

きららは遠い目を宙に遊ばせた。

「けど、新聞記事にはいっさいその話は書いてないんです。真司さんがその話は絶対書かないで欲しいと記者さんに頼まはったからです。美談にしてしまうと味にバイアスが掛かってしまうから、て言うてはったみたい」

こいしが言葉をはさんだ。

「真司さんはそういうひとなんです。いつもカッコつけてばっかり」

きららの瞳に涙がたまった。

「ええひとに限って早いこと死んでしまわはるんや」

こいしも目を潤ませている。

「若(わこ)うして亡くなった人生は、ひとよりうんと短いけど、ひとの心には長いこと残る。ようけのひとの心に残る。神さんはそういうふうにしてはる」

天井を見上げた流は、問わず語りに言葉を並べた。

「お父ちゃんが言うてはったとおり、真司さんのことは向こうのひともショックやったみたいで、お店の焼け跡にはようけのお花が供えてあったみたいです」

こいしがスマートフォンの写真を見せた。

焼け跡の写真に一瞬目を背けたきららは、食い入るように見つめなおした。

「画面が小さいさかい、これやとよう分からへんけど、カードに真司さんの名前が書いてあるんですよ。子どもの絵もたくさんあって。この写真転送しときますわ。パソコンとかで拡大してみてください」

「ありがとうございます。あちらのひとたちの心に真司さんのことが残っているんですね。形は消えても心に残ればそれが一番」

きららは何度も首を縦に振った。

「食いもんを通じたら、国や言葉は違うても心は伝わるんですな」

「ほんとうに」

きららが目を細めた。

「今日使(つこ)うた材料とレシピとさきほどの記事をコピーしたデータカードをお持ち帰りください。作るのはそない難しないと思います。向こうの記者さんのメールアドレスもメモしといたんで、気になることがあったら連絡してみてください。きららさんのことは伝えてありますし」

こいしが手提げの紙袋をわたした。

「なにからなにまでありがとうございます。お支払いのほうを」

きららがバッグから財布を出した。

「お気持ちに見合うた分だけ振り込んでください。振込口座のメモもここに入れときましたんで」

「承知しました。戻りましたらすぐ」

紙袋を受け取って、きららが帰り支度をはじめた。

「今夜から雪になるそうでっさかい、気ぃつけて帰っとぉくれやっしゃ」

流が引き戸をゆっくり引いた。

「ホワイトクリスマスになりそうですね」

表に出てきららが冬空を見上げた。

「向こうからこっちは見えてるんやろか」

こいしもおなじ空を見上げる。

「見えとるに決まってるがな」

流が笑顔をふたりに向けた。

「ひとつお訊きしていいですか？」

きららがふたりに向きなおった。

「なんですやろ？」

流が背筋を伸ばした。

「真司さんは思いを果たせたのでしょうか。それとも……」

きららが上目遣いに訊いた。

「どんな人間でもこの世に未練は残ります。ましてや若ぅして不慮の死を遂げはったんやさかい、思い残すことがなかった、っちゅうたらうそになりますやろ。けど、この食に関しては思いを果たさはったんと違いますやろか。自分が作ったもんを本場のひとに受けいれてもろた。それで充分満足してはったと思います。それを誰かに継いでもらおうとか思わんと、墓場まで持っていかはった。わしはそう確信しとります」

流が言葉に力を込めると、こいしはきららの表情を横目でうかがっている。

「ずっと迷っていたんですけど、やっと吹っ切れました」

少し間をおいて、きららが声を明るくした。

「よろしおした」

流はほほをゆるめた。

「どうぞお元気で」

こいしの言葉にうなずいて、きららは正面通を西に向かって歩きだした。

「ご安全に」

流がその背中に声を掛けた。

何度も振り返って頭を下げ、やがてきららの姿は見えなくなった。

「さぶいさぶい」

両手に息を吹きかけて流が店に戻ると、こいしは背中を丸めてそのあとを追った。

「なんであの話しいひんかったん？」

「なんの話や」

こいしの問いかけに流はとぼけた顔をした。

「フィッシュアンドチップスに〈きらら〉ていう商品名を付けてはったていうこと」

「うっかり忘れとったわ。まぁ、鈴鹿はんもそのことは記事に書かんといてくれて言うてはったんやさかい、ええんと違うか」

流は仏壇の前に座った。

「わざと言わへんかったんやな」

小鼻をふくらませて、こいしが流の後ろに座った。

「鈴鹿はんにしても、向こうのご両親にしても、きららはんの親御はんにしても、きららはんには第二の人生を歩んでもらいたいて思うてはるはずや」

流が線香をあげた。

「うちやったらどう思うやろなぁ。お母ちゃんはどう思う？」

こいしが掬子の写真を見上げる。

「ただただしあわせになって欲しい。それしか思うとらへんやろ」

「しあわせかぁ。お母ちゃんはしあわせやったんやろか」

「そんなもん決まっとるがな。なぁ掬子」

ふたりは手を合わせて目を閉じた。

第六話　すき焼き

1

朝の九時過ぎに仙台空港を離陸した飛行機は、十時半を過ぎたころには、もう大阪の伊丹空港に着いた。

子どものころに汽車で大阪まで行ったときは一日仕事だった。時の流れは距離を縮めるのか。

喜寿を迎えたばかりの川瀬尚之(かわせなおゆき)は空港を出、京都行きのリムジンバス乗場に向かった。

車窓からぼんやり眺めていると、肌寒さの残る仙台と違い、遠山はすっかり春の装いに代わっている。

京都ではもう桜が咲いているのだろうか。

この分なら京都には昼前には着きそうだ。せっかくだから、目的の場所へ行く前に、少し花見でもしていくか。

一瞬そう思ったものの、なんだかそれも後ろめたいような気がする。

JR京都駅でリムジンバスを降り立った川瀬は、目の前に停(と)まっているタクシーに乗り込んだ。

「この場所まで連れていって欲しいんだが」

川瀬はドライバーに絵地図を見せた。

「『東本願寺』はん、正面通、仏壇屋の向かい。こんなとこに食堂なんかあったかいなぁ。まぁ、近所やさかい行ってみまひょ」

首をかしげた年輩のドライバーは、サイドブレーキを外し、ゆっくりとアクセルを踏みこんだ。

「近くで申しわけないね」

「遠慮せんといてください。京都は観光都市でっさかい」

「ありがとう。京都の桜はどうですか。咲いているところはありますか？」

「ぼちぼちですな。本格的には四月に入ってからですけど、嵐山やとか祇園白川辺りは、三分咲きぐらいまできましたわ」

「嵐山はここから遠いのでしょ？」

「混んでなんだら三十分掛かりまへんで」

ドライバーが声を弾ませた。

「そうですか」

川瀬は窓の外を見ながら声を落とした。

間之町通から正面通に入ったタクシーはスピードをゆるめ、ドライバーはハンドルを抱くようにして、通りの左右を見まわしている。

「たぶんこの辺やと思うんですけど」

「ありがとう。あとは自分で捜すから。お釣りはいいよ」

川瀬は千円札をドライバーに渡し、小さなボストンバッグを手にタクシーを降りた。

「おおきに。花見に行かはるんやったら呼んでください」

ドライバーがタクシーカードを渡した。

それを黒いダウンコートのポケットに無造作にしまって、川瀬は春空を見上げた。

たまに顔を出す寿司屋で手に取った雑誌、〈料理春秋〉の一行広告を見てひらめいたのは、年が明けたばかりのころだった。

――食捜します　鴨川探偵事務所――

ここなら見つけてくれるかもしれない。

あの世へ行く前に、もう一度食べたい。

ここ一年ほどのあいだ、ことあるごとにそう思ってきたが、どうすればもう一度出会えるのか。捜すすべもなく途方に暮れるばかりだった。

ひと筋の光明というのはこういうことを言うのだろう。

もどかしく雪解けを待ちながら、ようやく今日訪ねるに至った。期待に胸を膨らませながら、しかし失望しないよう、はやる心を抑えながら、川瀬は通りの両側を注意深く見まわし、目指す店を捜した。

探偵事務所は食堂に併設されている。しかしその食堂には看板もなく、暖簾もあがっていないと聞いた。

雑誌の編集部からFAXで送られてきた絵地図と見比べると、どうやらこの建屋らしい。建物前には食べものの匂いも漂っている。

おそるおそるといったふうに、川瀬は引き戸をゆっくり引いて声を掛けた。

「ごめんください」

「おいでやす」

男性の声がすぐに返ってきた。

「こちらは『鴨川探偵事務所』でしょうか」

川瀬が訊いた。

「そうでっけど。探偵のほうのお客さんでっか」

茶色い作務衣姿の男性が出てきた。

「突然お邪魔して申しわけありません。食を捜していただきたくて仙台からまいりました。川瀬尚之と申します」

川瀬がコートを脱いだ。

「仙台。えらい遠いとこから。わしは食堂のほうの主人をしとります、鴨川流です。探偵のほうは娘の担当になっとります。まぁ、どうぞお掛けください」

流がパイプ椅子を勧めた。

「ありがとうございます。もっと早くにお邪魔したかったのですが」

「探偵のほうの娘は出掛けとりますけど、すぐに戻ってまいります。よかったらお昼などどないでっか。たいしたもんはおへんけど、おまかせでよかったらご用意します」

「それはありがたいですな。〈料理春秋〉の編集者のかたに、運がよければ美味しいものが食べられると聞いたものですから、お腹を空かせてまいりました。とは言ってもこの歳ですから、量は食べられないのですが」

「失礼でっけど、川瀬はんはおいくつですか？」

流が万古焼の急須から、京焼の湯呑に茶を注いだ。

「喜寿を迎えたばかりです」

「そうでしたか。そない見えしません。お若いですな」

「うれしいことをおっしゃる。京都のかたは、辛辣な物言いをされるとばかり思っていました」

川瀬が相好をくずした。

「あたらずといえども遠からず、でっけどな。苦手なもんはおへんか？」

苦笑いしながら流が訊いた。

「田舎育ちなものですから、フォアグラだとか高級珍味は苦手ですが、それ以外はたいてい大丈夫です」

川瀬は両手で包み込んだ湯呑を、ゆっくりとかたむけた。

「お酒はどないです。ビールでも焼酎でも、ひととおりの酒は置いてますけど」

「それじゃあ、せっかくだから日本酒をいただきます。ぬる燗(かん)にしていただけるとありがたいです」

「承知しました。ちょっとだけ時間をくださいや」

茶色い和帽子をかぶり直して、流が店の奥へ下がっていった。

しんと静まった店のなかで、茶托(ちゃたく)に湯呑を置く音だけがことんと響いた。

川瀬はあらためて店のなかを見まわした。

京都の店というと雅(みやび)な印象しか湧かなかったが、仙台の街はずれにすらないような、侘(わ)びた佇(たたず)まいが意外だった。

生まれ育った大蔵村の実家からほど近い肘折(ひじおり)温泉には、たしかこんな食堂があったと記憶する。

だがあの店の壁面やカウンターの上には、品書きの短冊が並んでいたが、ここにはそういうものはいっさいない。テーブルの上にもメニューは置いていないが、客はどうやって注文するのだろう。なんとも不思議な店だ。

地方から来たものにとって京都は怖いところだ、と聞かされている。いくら食堂だとは言え、どんな料理かも値段も分からず食事をしても大丈夫なのだろうか。一瞬そんな不安がよぎるが、すぐにそれを打ち消す空気が、店のなかに漂っているのもまた不思議だ。

不思議だらけの店をぼんやりと眺めていた川瀬は、吊り棚に祀られた神棚に目を留め、立ちあがって手を合わせた。

「ただいまぁ」

引き戸が開くと同時に若い女性が勢いよく店に入ってきた。

「おかえりなさい」

立ったままの川瀬は反射的に声を掛けた。

「すんません。お客さんでしたか。えらい失礼しました」

「あなたが探偵さんですね。食を捜していただきたくて仙台からまいりました川瀬と申します。よろしくお願いいたします」

川瀬が丁重に腰を折った。

「『鴨川探偵事務所』の所長をしてます鴨川こいしです。こちらこそよろしくお願いします」

あわててコートを脱いで、こいしが深々と頭を下げた。

「突然おじゃまして申しわけありません。それなのに食事を出していただけるようで、愉しみに待っているところです」

川瀬がゆっくりと腰をおろした。

「そうでしたか。遠慮せんといてくださいね。お父ちゃんはひとに料理を食べてもらうのが、一番の愉しみやさかいに」

こいしは急須の茶を川瀬の湯呑に注ぎ足した。

「そう言っていただくと気持ちが軽くなります」

川瀬が湯呑をかたむけた。

「川瀬さん、お酒はどないです？」

「お父さんにお願いしてあります」

川瀬がにっこりほほ笑んだ。

「先にお持ちしますわね。お父ちゃんは料理に夢中で忘れてはるかもしれませんわ」

こいしが奥の厨房へ向かった。

「急ぎませんよ」

首を伸ばして川瀬がその背中に声を掛けた。

仙台を発つ前に抱いていた京都人のイメージとはまるで違う。鴨川父娘のやわらかな物腰に川瀬は目を細め、ゆっくりと茶を啜った。

「料理ももうすぐ上がりますけど、先にお酒をお持ちしました。『麓井』の美酒辛口です。せっかくやさかい山形のお酒にさせてもろた、てお父ちゃんが言うてます。ぬる燗やと思いますけど、気持ち熱いかもしれませんし、ゆっくり飲んでください」

こいしは鶴首の徳利と杯を置き、その横に茶色い一升瓶を添えた。

「お気遣いいただき、ありがとうございます。酒田のお酒ですか。うちの田舎と違って酒田は北前船が寄ったところですから、洗練されているんですよね」

一升瓶を手に取って、川瀬がラベルに目を近づけた。

「京都もそうですけど、山形も海辺と山のなかではいろいろ違うんでしょうね」

こいしが徳利の酒を京焼の杯に注いだ。

「そう言えば京都もおなじでしたね。わたしは行ったことがありませんが、天橋立も京都にあるんですよね」

川瀬が杯に口を付けると同時に、朱塗りの二段重を両手に持って、流が厨房から出てきた。

「お待たせしましたな」

「これはこれは。なにかのお祝いごとですか」

杯を置いて、川瀬が目を見開いた。

「花見も近いこってすさかい、弁当仕立てにしてみました」

流は重箱のふたをはずして一の重を二の重の横に並べた。

「そういうことでしたか。うちの田舎では正月か祝いごとくらいしか、重箱にはお目に掛からんもんですから」

重箱のなかを見まわして川瀬が目を細めた。

「京都のうちでは、ちょっとしたときに使います。改まって見えますし、重宝しまっせ」

「重箱だけでなく、中身もえらく豪勢じゃないですか」

「重箱に詰めるとそう見えるんですわ。簡単に料理の説明をさせてもろてよろしいかいな」

「お願いします」

川瀬が前かがみになった。

「左手の箱からいきます。上の左端はサワラの西京焼です。フキノトウのしぐれ煮を添えてますんで、よかったら一緒に召しあがってください。その右側は牛ヒレの天ぷら。下味を付けて揚げてまっさかい、そのままどうぞ。その下は焼いた胡麻豆腐です。ホワイトソースにワサビを混ぜてタレにしてます。上から掛けて食べてみてください。その横は磯巻寿司。〆鯖とショウガをおぼろ昆布で巻いてます。下の左端はハマグリの真蒸。餡かけになってますんで温かいうちに召しあがってください。右手の箱の左上は才巻海老のフライ。タルタルソースを塗ってますんで、そのまま食べてください。その右はトリガイのてっぱい。赤味噌に山椒を混ぜた酢味噌でどうぞ。上の右端は春大根のスープ煮です。昆布とブイヨンで炊いて、鶏のそぼろを載せてます。その下は小鮎の塩焼。タデをすりおろした酢醤油で召しあがってください。下の左端はヅケマグロを九条ネギの刻んだんで和えたもんです。焼海苔で巻いて食べたら美味しい思います。おあとのご飯は小さい焼きおにぎりを用意してまっさかい、ええとこで声を掛けてください。お酒は瓶ごと置いときます。お好きなだけどうぞ。燗をつけはるんやったら、魔法瓶のお湯をこの桶に入れて徳利をぬくめてどうぞ。お冷やはこのピッチャーに入ってます。どうぞゆっくり召しあがってください」

　説明を終えて流が川瀬と目を合わせた。

「いやぁ、長生きはするもんですなぁ。食を捜しにきて、こんなご馳走にありつけるなんて。なんだかバチが当たりそうです」

川瀬が拝むようなしぐさをすると、流は一礼して下がっていった。

二転三転とはこういうときのための言葉なのか、と川瀬は思った。

京都の店と聞き、さぞや雅な設え（しつらえ）で立派な食事が出るのだろうと思ったが、田舎の食堂をも思わせる佇まいに思いを改め、きっと素朴な料理に違いないと待つと、見たこともないような立派な重詰めの料理が出てきた。

予想も想像も、決してそのとおりには進まないものだということは、身をもって知っているはずなのだが、それはどこでも、いつでも変わらないのだと、あらためてその思いを強くした。

どれから箸を付ければいいのか。途方に暮れてしまいそうだ。行儀が悪いのは承知のうえで、川瀬はさんざん迷い箸をしてから、ハマグリの真蒸に箸を伸ばした。流が温かいうちに、と言っていたのを思いだしたのだ。

仙台の笹（ささ）かまぼこに似ているようで、おでんに入っているハンペンのようでもある。とろりとした餡を絡めて口に運び、嚙（か）みしめるとハマグリの身が歯に当たった。

こういうのを真蒸と呼ぶのか。大ぶりのハマグリの身を包んでいるのは、魚の白身なのだろう。食感といい、味わいといい申し分ない。などとエラそうに言えるほど、食に詳しいわけではないのだが、それでもこれが飛びっきりのご馳走だということは分かる。

たっぷりのタルタルソースをまとった海老フライに目をとめた川瀬は、箸を伸ばして口に入れた。

真蒸と違って食べなれたものだが、これまで食べたそれとはまったく違う。弾力はあるのだが、海老の噛み心地はふわりとやわらかく、エキスとでもいうのだろうか、海老の甘みが口いっぱいに広がる。

雪深い山里で生まれ育ったせいか、魚介類の味はその差がほとんど分からない。仙台の高級寿司屋で食べる刺身も、近所のスーパーで買ってくる刺身も、その違いがあまり感じられないのだ。

しかしこの海老は明らかに違う。さっきのハマグリもだが、自然な甘さが舌に広がるのである。海老を甘いと思ったのは生まれて初めてのことかもしれない。

貧しい家で生まれ育ったこともあって、どんなものでも食べられればそれでいい。美味しいに越したことはないが、飢えなければ充分だ。長くそう思って生きてきたはずなのだが、妻を亡くし、ひとり息子も亡くしてからは、旨(うま)いものを食べることを愉しみにするようになった。

酒を飲み、旨いものを食べる時間だけが、ひとり暮らしの寂しさや侘しさを紛らわせてくれるからだ。

とは言え、ようやく人並みになった程度で、美食というにはほど遠いのだが。

一番の好物といってもいいのが牛肉、それもスジ肉などの安い肉で、ヒレ肉などという高級品はめったに食べることがない。それを買えないほど生活に困窮しているわけではなく、コツコツとまじめに働いてきたから、相応のたくわえはある。だが、俗に言う、口に合わないのだ。

たまに松阪牛だとか神戸牛などのステーキを接待してくれる取引先があったりするのだが、味がくどすぎて呑み込むのに苦労するほどだ。

ヒレ肉に限らず、牛肉の天ぷらを食べるのは生まれて初めてだ。いったいどんな味がするのか。

竜田揚げのように茶色く染まった小判型の天ぷらを口に入れ、歯を入れた瞬間、川瀬は驚きのあまり目を白黒させた。なんの抵抗もなく嚙みきれたのだ。大げさに言えば豆腐のような柔らかさだ。

しかし嚙めば肉汁が醤油の味と絡みあって、得も言われぬ味わいが舌に染み込んでいくのである。

自然と笑いが込みあげてくる。

世のなかにはこんな旨いものがあったのか。川瀬は長いため息をついた。七十七年の人生のなかで一番旨いものは、六十五年前に食べたあのすき焼きだと思ってきたが、それが揺らぎはじめた。十品ほどもあるなかで、たった三品食べただけなのだが、この料理人の凄さに圧倒されている。

こんな料理を食べたら、あの子はどんな顔をするだろう。あの子という言い方もおかしいか。

川瀬は苦笑いしながら箸を進めた。

徳利が軽くなっている。いつの間に飲んだのか。川瀬は苦笑いを重ね、また迷い箸をしている。

ふだん食べなれているものをと捜し、大根の煮物に目が留まった。

いつも食べているものと比べると、色がまったく違う。味を付け忘れたのではと思うほど色が薄く、大根はほとんど白いままだ。それと対照的に鶏のそぼろは黒々としている。

箸で半分にちぎった大根をそぼろと一緒に口に運んだ川瀬は、丸くした目を残りの大根に向けた。

色は薄いが、味はしっかりと濃いのだ。たしか昆布とブイヨンで煮たと言っていたが、ブイヨンというのはどんなものなのか。

これまでに食べたものと重ねれば、一番近いのがラーメンだというのが情けない。それにしても旨い。大根の煮物を意識して食べたことなどなく、旨いと思ったこともないが、いつの間にか食べている、といったふうだ。

それがどうだ。大根というものはこんなに旨いものだったのかと、その断面を見てしみじみと味わっている自分に驚くばかりである。

いっぽうで上に載った鶏そぼろは色が濃いわりに、味は淡白だ。どんな醬油を使っているのだろうか。なんとも不思議な取り合わせだ。

川瀬は魔法瓶の湯を白木の木桶に注ぎ、ゆっくりと徳利を浸けた。

思いも掛けなかった時間がゆるゆると流れる。

思い起こせば妻を亡くして以来、心の底から食事を愉しんだことなど一度もなかった。

息子家族と食卓を囲んでの団らんも、どこかよそよそしく、気疲れすることのほうが多かったような気がする。

それでも、いつも妻と向かいあって食べていた食卓でのひとり飯に比べれば、笑みを浮かべる時間は圧倒的に多かっただろう。

ただ、どんなときも食事の内容にはほとんど心が動くことはなかった。栄養バランスという言葉を呪文のように唱えていた妻が、あっさりと逝ってしまってからは、それすら気に掛けなくなり、定期的に宅配してくれる弁当に委ねるようになってしまっていた。

決まった時間に届いた弁当を食べ、たまに気が向けば酒を飲む。その繰り返しだった。

「どないです。お口に合うてますかいな」

奥から出てきた流は木桶のなかの徳利を取って、杯に酒を注いだ。

「口に合うどころか。初めて食べるご馳走に口がびっくりしていますよ」

川瀬が杯を口に近づけた。

「よろしおした。ご飯が要るようでしたら声を掛けてくださいや」

「ありがとうございます。めったにこんなご馳走にありつけませんから、もう少し愉しませていただきます」

「どうぞゆっくりしとぅくれやす。ちっとも急ぎまへんさかい」

言い置いて、流が下がっていった。

ヅケマグロは思っていたとおりの味だった。

歳をとってからはトロよりも赤身を好むようになっていて、しっかり醤油味が染み込んだマグロは、食べなれた味でホッとする。

ワサビではなくネギを和えるのが新鮮だった。薬品臭が気になりはじめたチューブ入りワサビよりこのほうがいい。川瀬はこくりとうなずいた。

重箱にすき間が空いてきたのが寂しい。あと何品あるのか、というのはたいていがうんざりしているときで、まだこんなに残っているのか、と思うのだが、今はその逆で、もうこれしか残っていないのか。そう思うのだ。

いつもなら二合も飲めば酔いが回って睡魔に襲われるのだが、眠くなるどころか、ますます頭がさえてくる。よほどいい酒なのか、それとも久々のご馳走に興奮しているからか。

杯を傾けながら、料理を愉しんでいると、子どものころの思い出が、走馬灯のように浮かんだ。

お神酒（みき）徳利のようだといつも言われた。

けんかした記憶が一度もない。

貧しい暮らしのなかで、いつも、なにもかも分け合ってきた。

顔も体格も性格もすべてがおなじ双子だった。

小学校へ上がるようになって髪型を変えたから区別が付くが、それまでは両親とても間違えて呼ぶことがあったほど、瓜ふたつだった。

自分だけがこんな美味しいものを食べて申しわけない。

ご馳走を食べるたびにそう思ってきたが、今日はことさら身に沁みる。

残りの料理を慈しみながら食べ終えた川瀬は、腰を浮かせて声を掛けた。

「すみません。そろそろご飯をお願いします」

「すぐにお持ちしまっさかい、ちょっと待っとぉくれやっしゃ」

暖簾のあいだから流が首を伸ばした。

腰をおろした川瀬は徳利を二度三度かたむけ、残った酒を飲みほした。

旨さにつられて重箱の料理は残すことなく食べつくした。こんなにたくさん食べて飲んだのはいつ以来だろう。思いだせないほどむかしのことのような気がする。

勢いで、つい、ご飯を、と言ったものの、はたして腹に入るだろうか。

「これぐらいでよろしいやろか」

笹の葉の上に小ぶりの焼きおにぎりがふたつ載った角皿を、流が川瀬の前に置いた。

「ありがとうございます。これぐらいなら食べられそうです。年甲斐もなく食べ過ぎてしまって」

川瀬が腹をさすってみせた。

「多かったら遠慮のう残してください。お茶は足りてますかいな」

「大丈夫です。ずいぶん時間を掛けてしまいました。お嬢さんをお待たせしているでしょうから、急いで食べます」

「そない気ぃ使う（つこ）てもらわんでもよろしいんでっせ。ゆっくり味おうてください」

川瀬に笑みを向けてから、流が銀盆を小脇に抱えて下がっていった。

大きさが、時折り居酒屋で出てくる焼きおにぎりの半分ほどのサイズであるだけで、見た目はなんの変哲もないことに、川瀬はホッとして手づかみで口に運んだ。

ほんのりあたたかい焼きおにぎりを嚙みしめると、思いも掛けない味を舌が探り当てた。

しばらくはそれがなんの味か分からなかったが、記憶をたどって行き着いたのはカラスミだった。焼きおにぎりのなかにカラスミがひそんでいたのだ。

これまでの料理を考えれば、ただの焼きおにぎりで終わらないことは推測できたはずなのだが。

カラスミというのはとても高価なものだということぐらいは知っていたので、まさかおにぎりの具になるとは夢にも思わなかった。

きっとカラスミなど一生食べることがなかっただろう。ひと口でも食べさせてやりたかった。

噛みしめるたびに涙がにじみ、まわりがぼやけはじめた。

無駄を承知で捜そうと思ってここまで来たが、もしかすると、という一縷の望みが出てきたような気もする。

意を決したかのように、川瀬は口のまわりをハンカチで拭い、すっくと立ちあがった。

「お願いします」

食堂のなかに声が響くと、やや間をおいて流が姿を現した。

「ご案内しまひょか」

「ごちそうさまです。あまりのご馳走にうっかり目的を忘れるところでした」

川瀬は手を合わせ、背筋を伸ばした。

店の奥へ続く長い廊下を流が先導し、少し遅れて川瀬はそのあとを追う。

両側の壁にびっしり貼られた写真に目を遣りながら、時折り川瀬が立ちどまる。

「これはみんな鴨川さんがお作りになった料理ですか？」

「たいていそうですな。わしはレシピを残さんもんでっさかい、覚え書きみたいなもんですわ」

振り向いて流が答えた。

「そうとうな修業を積まれたんでしょうな」

「修業らしい修業はしてまへん。見よう見まねです。なんせ刑事から転職したもんでっさかい」

流が苦笑いを浮かべた。

「元刑事さん。ほんとうですか？　信じられません」

川瀬は口をあんぐりとあけたままだ。

「人生っちゅうのは分からんもんですな。あのまま刑事やっとったらどないなったか。考えもつきまへんわ。家内もあきれとりました」

「こちらがその奥さまですか？」

清流沿いの河原で親子三人がおにぎりを頬張っている写真に川瀬が目を留めた。

「亡くなる三年ほど前でしたかなぁ。掬子が梓川(あずさがわ)へ行きたいて言いだしよって。桜が咲いとるのに寒い日でしたわ」

「そうでしたか。まだお若かったでしょうに」

川瀬が写真に手を合わせた。

「あとはこいしにまかせまっさかい」

突き当たりのドアを流がノックすると、すぐにドアが開いた。

「どうぞお入りください」

「よろしくお願いします」

部屋に入って川瀬が一礼し、ロングソファに腰をおろした。

「早速ですけど、こちらに記入してもらえますか。簡単でええので」

向かい合ってすわるこいしが、ローテーブルにバインダーを置いた。

「承知しました」

川瀬はひざの上にバインダーを置き、ペンを握った。

「お茶かコーヒーかどちらがよろしい？」

こいしが訊いた。

「お茶をいただきます」

バインダーに目を落としたまま川瀬が答えた。

川瀬がペンを走らせていると、こいしはポットの湯を湯冷ましに注ぎ、茶筒のふたを開けて茶葉を急須に入れた。

「それにしても美味しい料理でしたなぁ」

川瀬がひとりごちた。

「おおきに。そない言うてもろたらお父ちゃんよろこばはりますわ」

こいしは湯冷ましの湯を急須に注いでふたをした。

「料理じょうずなお父さんがおられて、お嬢さんはしあわせですな」

川瀬は書き終えたバインダーをローテーブルに置いた。

「さぁ、どうですにゃろ。いっつもいっつもご馳走が出てくるわけやないし。毎日ふたりで顔つき合わせてご飯食べるのも、けっこう疲れるんですよ」

ふたつの茶托に湯吞を載せて、こいしがローテーブルへ運んだ。

「なんだか緊張しますな。歳を取ると妙なところに力が入って」

湯吞を手にして川瀬が笑みをこいしに向けた。

「楽にしててもろたらええんですよ川瀬さん。七十七歳て喜寿ていうんでしたよね。おめでたいことやないですか」

こいしがノートを開いた。

「この歳になると、むかしのことばかり思いだして。ついさっきのことは忘れるのに」

川瀬は苦笑いしながら茶をすすった。

「本題にはいりますけど、川瀬さんはどんな食を捜してはるのですか？」

こいしがペンをかまえた。

「すき焼きなんです」

川瀬は湯呑を茶托に載せて、こいしに視線を向けた。

「すき焼きかぁ。長いこと食べてへんなぁ。どこかのお店のですか？」

「お店ではなくて、叔父の家でご馳走になったすき焼きです」

「その叔父さんは今どこに？」

「行方知れずなんです」

「そうか。消息が分かってたら、叔父さんに聞いたら済む話ですもんね。いつごろのことで、どんなすき焼きやったか。覚えてはる範囲でええので、できるだけ詳しいに教えてくださいますか」

「わたしが十二歳のときですから、六十五年前のことになりますか。当時米沢の豪邸に住んでいた叔父の家で食べさせてもらったすき焼きですが、あとにも先にも、あんなにやわらかくて美味しいお肉を食べたことはありません。まさしくとろけるようなすき焼きでした」

川瀬はその味を思いだしてか、思わず笑みをもらした。

「よっぽどええお肉やったんでしょうね。六十五年前て、うちはまだ生まれてへんけど、そんなええお肉は出回ってへんかったんと違いますか？」

こいしはノートにすき焼きのイラストを描いた。

「だと思います。いいとか悪いとか以前に、そもそも牛肉を食べることなど、まずありませんでした。もっともそれは、うちが貧乏だったからでもあるのでしょうが」

「さっき、叔父さんのおうちは豪邸て言うてはりましたけど、川瀬さんの家とはそんな差があったんですか」

「川瀬家はもともと木工で生計を立てていて、わたしの父が三代目を継いだのですが、すべて職人の手作業ですから効率が悪くて、その割に木桶だとか値段も安い商品ばかりでしたから、ほんとうに貧しい暮らしでした。それがいやだったのでしょうね。父の弟、つまりわたしの叔父はうちを出て、竹山という家に養子に入り機械生産の道に進んだんです。大量生産が時代の流れでしたから、叔父は先を見越したのでしょう。あっという間にひと財産築いたようです」

「なるほど。高度成長期て学校で習うたけど、そんな時期やったんですね。今やったら手作業で作ったもんに付加価値を付けられるけど」

こいしはノートに木桶のイラストを描いている。

「叔父はうちの父にも機械生産を奨めていたようですが、なにせ頑固一徹の職人肌だったもので、貧乏を厭うことなくかたくなに手作りにこだわり続けました。母もそれをよしとしていたようで、すき焼きなど縁遠い暮らしでした」

川瀬は遠い目を宙に浮かべた。

「なんとなく分かります。ある意味でお父ちゃんも職人気質やし、お母ちゃんも文句ひとつ言わんと付いていってました。そのすき焼きはどんなんやったんです？」

こいしもおなじように目をうつろにした。

「なにせ小学校を卒業するころのことですから、どうやって叔父が作っていたかだとか、どんな具材が入っていたかなど、くわしいことはまったく記憶にありません。ただただとろけるような旨いすき焼きだったというだけで」

「そうですよね。うちゃったら小学校の六年生のころになに食べたかなんて、ぜんぜん覚えてませんもん。それだけでもよう覚えてはりましたね。よっぽど美味しかったんや」

「うちはたいてい、今でいう一汁一菜でしたから、牛肉のすき焼きなんて夢のようなごちそうだったもんで」

「叔父さんとこは裕福に暮らしてはったから、いっつもそんなご馳走を食べてはったんですか？」

「さぁ、どうでしょう。わたしが叔父の家で食事をしたのは、そのときが最初で最後だったような気がします」

「なんか特別な日やったんですか？」

こいしが問いかけると、川瀬は口をつぐみ、小さなため息をついた。

「話辛（づら）いことやったらええですよ。本筋とは外れるやろし」

こいしがペンを置いた。

川瀬は口を開きかけて、思いなおすように閉じる。こいしはその様子を見ながら、時折り茶をすすり、ペンを空ノックさせている。

しばらくそんな時間が続き、話の向きを変えてこいしが切りだした。

「叔父さんは当時米沢に住んではったんですよね。川瀬さんは仙台にお住まいみたいですけど、そのころもですか？」

「いえ。当時はおなじ山形県の大蔵村という山のなかに住んでおりました。叔父の家までは遠かったですねぇ」

「大蔵村……どこにあるんやろ」

スマートフォンの地図アプリを開いたこいしは、指をスワイプさせて捜している。

「米沢からほぼ真っすぐ北へ百キロほどのところです。今は山形新幹線の新庄駅が最寄りになるかと」

眼鏡（めがね）を掛けて川瀬がこいしの手元を覗（のぞ）きこんだ。

「ありました。ここかぁ。ほんまに山のなかですね」

「生まれ育った実家は雪深いところでね、冬じゅうずっと雪景色ですよ」

「そうなんや。失礼ですけど、暮らすのも大変やったでしょう」

「そのころは当たり前だと思っていましたけど、あとから思い返すと……」

川瀬は続く言葉を呑み込んだ。

「叔父さんは消息不明やて言うてはりましたけど、ご家族は？」

こいしの問いに川瀬は無言で首を横に振った。

「となるとかなりの難問やなぁ。叔父さんが思いつかはった特殊なレシピやったかもしれんし、どんな食材を使うて、どう料理してはったか、まったく分かりませんもんね」

こいしが頭を抱えこんだ。

「よくよく考えてみれば無理なお願いでしたね。死ぬまでにもう一度あのすき焼きを食べたい。できればあのときに戻ってみたい。そんな一心で捜していただこうと思ったのですが」

顔を曇らせて、川瀬が肩を落とした。

「ご依頼を受けて捜しだせへんかったことは、これまで一度もないので、あきらめんといてください。叔父さん一家は消息不明やて言うてはりましたけど、それだけ財をなさはったお家やったら、近所のひとがなんか知ってはるかもしれません。そのころの叔父さんの住所は分かりますか？」

「そう訊かれるかと思って、これをお持ちしました。叔父からの年賀状です。住所は山形県米沢市門東町。丁目だとか番地は書かなくても、竹山善次宛てと書けば郵便は届く、と言っていたようです。それぐらい近所では有名だったのでしょう」

「その町名やったら、この辺になるんですけど」

こいしがスマートフォンの画面を川瀬に向けた。

「そうです、そうです。米沢城址のすぐ近くで、たぶんこの通り沿いだったと思います」

川瀬が指さした。

「分かりました。なんかのヒントになると思います。あと、肝心のすき焼きですけど、とろけるようなお肉やったていう以外に、なにか覚えてはることはありませんか？　ほかの具はどんなんやったか、とか」

こいしが訊いた。

「申しわけないのですが、肉以外はまったく記憶がないんです。肉しか目に入りませんでしたから」

川瀬が苦笑いした。

「そらそうですよね。野菜とか豆腐とかはいつでも食べられるし」

こいしが口もとをゆるめた。

「今でこそ霜降り肉は当たり前になりましたが、そのころは真っ赤ななかに白い斑点があるような肉は見たことがありませんでしたから、子どもながらに上等の肉はきれいだなぁと思ったことを憶えています」

「お話を聞いてるだけで、よだれが出てきますわ」

こいしはノートに霜降り肉のイラストを描きつけた。

「目に入らなかったというより、なかったかもしれないなぁ。鍋のなかには肉しかなかった。いや、そんなはずはないなぁ。そうそう、不思議なことがあって、あのすき焼きを思いだすと、鷹が飛んでくるんです」

「鷹が飛んでくる、て怖いやないですか。部屋のなかにですか?」

こいしが目を白黒させた。

「そんなはずはないのですが、なんだか知らないけど、羽を広げた鷹が浮かんでくるんです」

「分かった。鷹のはく製が置いてあったんと違います? むかしのお金持ちて、お座敷にようそんなん飾ってはりましたよね。鹿の角とか熊の皮の敷物とか」

こいしはノートにイラストを描いた。

「そうだったのかなぁ」

川瀬は天井を仰いで記憶をたどっている。

「ところで、川瀬さん。ひとつお訊きしていいですか」

「なんでしょう」

我に返ったかのように、川瀬が目をしばたたいた。

「なんで今になって、そのすき焼きを捜そうと思わはったんです?」

こいしがペンを握りなおした。

「やはり、そこをお話ししないといけませんか」

「さっき、すき焼きを食べたあのころに戻りたい、て言うてはったし。なんかのヒントになるかなぁと、依頼人の皆さんにお訊きしてるんですけど、話し辛いようやったらいいですよ」

「少しでも手掛かりになることはお話ししておいたほうがいいですよね」

川瀬は座りなおしてから茶をすすった。

「差しさわりのない範囲でお聞かせください」

立ちあがったこいしは、ポットの湯を急須に注ぎたした。

「さっきあなたが、特別な日だったのかとお訊ねになりましたが、その答えからお話しします。特別も特別、わたしの一生のなかで、けっして忘れることのできない日になったんです」

喉を潤すように、二度、三度と茶をすすり、川瀬は話を続ける。

「わたしには尚人という双子の弟がおりましてね。その尚人が叔父の養子となる前日に、家族みんなであのすき焼きを食べたんです」

「そうやったんですか」

驚いた顔をしたこいしは、ノートにペンを走らせた。

「叔父は子どもができない身体だったようで、養子を取ろうとしたのです。うちが本家筋だったので、いちおう跡取りになるわたしは遠慮したということでしょう」

「なるほど。川瀬さんにほかの兄弟は？」

「おりません。わたしと尚人のふたり兄弟でした」

「尚人さんはどんな様子でした？　十二歳やったら、養子にいくて複雑な心境やったでしょうね」

「親元を離れるのですから、それはもう可哀そうなことでした。ずっと泣いていましたよ」

「そらそやろねぇ。うちやったら逃げ出すかもしれません」

「尚人も逃げ出したかったでしょうが、いろんな事情も分かっていたのか、叔父たちの前では嫌だとはひと言も言いませんでした」

「えらいなぁ。けど、ご両親はどうやったんです？」

「複雑だったと思いますよ。うちとは比べようもないほど裕福な家に、乞われて養子になるのだから、尚人の行く末を考えればそうするほうがいい。食うや食わずの暮らしを強いるより、豊かに育つと思っていたのでしょう」

　川瀬は宙の一点を見つめたままだ。

「川瀬さんご自身はどう思うてはったんです？」

　こいしが訊ねると、川瀬は眉をひそめ、顔のしわを深くした。

「振りかえってみて、子どもというのは、残酷な生きものだと思います」

川瀬が湯呑に手を伸ばした。

「なんとのう分かります」

こいしが相づちを打った。

「叔父の家に行くまでは、尚人が不憫でしかたなかった。年端もいかない弟が家族と決別しなけりゃならん。うちが貧乏でなければ、そんなことをせずにすんだものを。子どもながらに正直、親を恨みましたよ。わたしと尚人はお神酒徳利と呼ばれるくらい仲がよくてね、けんかした記憶がないんですよ」

川瀬の目尻から涙があふれ出た。

「別れがつらかったんでしょうね」

こいしも目を潤ませている。

「それが、ガラリと変わる切っ掛けになったのが、あのすき焼きなんです。すき焼きだけではありません。食後にパイナップルが出てきたんですよ。缶詰でもめったにお目に掛からないのに、生のパイナップルなんて初めて見ました。叔父はそのころから海外進出を目論んでいたようで、フィリピンから直輸入したと言ってました。それまで元気のなかった尚人もそれらを食べた途端、満面の笑みになりましてね、これを毎日食べたい、なんて言うんですよ。そしたら叔父が、よし！　約束だ、とか言って尚人と指切りげんまんしていました。その様子にますます嫉妬心が芽生えてしまったんですね。こんなに旨いものを、これから尚人はずっと食べられる。それに比べて自分は、二度とこんなご馳走にありつくことなどできない。そう思うと無性に腹が立ってきましてね。憐れみから妬みへ、尚人に対する思いががらりと変わりました」

川瀬がこぶしを握りしめた。

「そういう気持ちになるのも分かるような気がします」

こいしが言葉をはさむと、川瀬は表情を変えることなく続けた。

「叔父夫婦とわたしたち家族四人で、すき焼きを囲み、一緒に過ごす最後の夜だということで、その日は叔父の家に泊まったのですが、なかなか眠れなくてね。尚人は母の布団に入りこんでしくしく泣いているし、お酒をたくさん飲んだせいか、父は高いびきだし、わたしはかやの外に追い払われたような気になってしまったんです」

川瀬はうつろな目をローテーブルに落とした。

「どう言うてえのか。みんなそれぞれにつらかったんですやろね」

こいしが吐息をもらした。

「わたしは自分の感情を持て余していました。尚人を恨むのは筋違いだと頭では分かっているのですが、怒りの持っていき場を見失っていたのでしょう。突然尚人の頬を平手で打ったのです」

川瀬は左手で右手を包み込んだ。

「びっくりしはったでしょう。仲のええ兄弟やったさかい」

こいしはノートに手のひらのイラストを描いている。

「当の尚人もですが、母の驚きは大きかったのでしょう。すぐにわたしの頬を打ちました。それでやっと我にかえることができて、尚人に謝りました。謝りながら涙が出てきて、尚人が、尚人が大泣きしながらわたしにしがみついてきて……」

川瀬の頬を涙がいく筋も伝った。

「せつない話やなぁ」

こいしは小指で目尻を拭った。

「わたしは自分のさもしさが情けなくて泣いていました。たかがすき焼きぐらいで、だいじな弟の顔を叩くなんて。そう思いながらも、またあのすき焼きがよみがえってきて。尚人を押し返したい気持ちになったんです」

「そら、十二歳の子どもですもんね。自分の感情をコントロールできんで当然やと思います」

「さもしい根性に、子どもながら自分に嫌気がさしてしまったのですが、そのとき、むくっと起き上がった父が、とんでもないことを言ったんです。そんなにうらやましいのなら、お前が尚人の代わりに養子にいけばいい、と」

「お父さん、寝たふりして話を聞いてはったんや」

「それで、ハッと我にかえれたんです。養子に入ればこれから先、どんな苦難が待ち受けているか、寂しい思いをするか、想像もつかない。食いものだけに目を奪われていたけど、尚人の不安は計り知れないものがあるのだ。そう思うと涙が出てきましてね。十二年間のあいだ、たしかに貧しかったけど、いつも尚人とは愉しく過ごしてきた。そんな思い出がたくさんよみがえってきました」

川瀬は遠い目を細くした。

「さすがお兄ちゃんや。先のことは誰にも分からしませんもんね」

「ほんとうにそうなんです」

ひと呼吸おいて、川瀬が茶をすすった。

こいしは急須の茶葉を替えて、ポットの湯を注いだ。

「ずっと不思議に思うてたんですけど、人もうらやむほどの資産家やった叔父さん一家が、なんで消息不明なんです？」

「尚人が養子に入ってから、叔父の積極経営にますます拍車が掛かったようで、フィリピンに工場を作って量産をはかったのです。安い賃金で大量生産し、輸出までするようになったのですが、それにつれて借金も大きく膨らみましてね」

川瀬は茶を飲んでから話を続ける。

「粗雑な造りですから、水漏れがしたり、すぐにタガが外れたりして、急激に信用を失くしてしまいました。ちょうどそのころから銭湯や温泉旅館でも、桶や椅子は木からプラスティックへ変えるところが多くなってきたんですね。急拡大した業績も一気に落ちたようです。負債ばかりが膨らんで、売上は激減。となると急坂を転げ落ちるしかありません。尚人が養子になってから一年後に、叔父の会社は倒産してしまい、夜逃げ同然に、一家でフィリピンへ行ってしまったんです」

「まさに一寸先は闇、ていうことですね。お気の毒に」

こいしが顔を曇らせながら、ノートにバツ印を書き並べた。

「うちの父もそんなことになるとは、夢にも思っていなかったのでしょう。借金の連帯保証人になっていたので、うちの家にも取り立て屋が来ていました」

「大変やったんですね。とばっちりて言うのか、まぁ、でも兄弟やったら保証人になってくれて頼まれたら断れへんやろし」

「叔父はなけなしのお金を父に渡していたそうです。これで勘弁してくれと泣いていたと聞きました。尚人はちゃんと育ててるからとも言っていたようで、縁を切って、自分たちのことを捜さないで欲しいと言ってフィリピンへ渡ったみたいです」

「お父さんもやけど、川瀬さんも苦労しはったんですね」

「幸いうちの父は、こつこつと真面目にモノ作りをしていたので、コンスタントに売れていましたから、少しずつ返済できました。貧乏には慣れていますから、そのことで特別苦しんだという記憶はありません。やがて手作りの木桶が注目されるような時代になって、生産が追い付かないという、うれしい悲鳴を上げるまでになりました。京都の有名な老舗旅館さんが使ってくださっているという話が雑誌に載って、注文が殺到したんです。それでも父はかたくなに作り方を変えなかったので、半年待ちとか、一年待ちになって、そうなると人間の心理は不思議なもので、少々価格を上げても、注文は減るどころか増えるいっぽうなんです。中学を卒業してすぐに、わたしも木桶職人になって、夜間高校に通いながら、必死で桶を作り続けました」

「なんか小説に出てきそうな話ですね。一年のあいだに叔父さんと立場が逆転したんや。弟さんはどないしはったんやろ」

こいしは椅子の背にもたれ、天井を仰いだ。

「そのことを口にするのは、タブーになっていました。案じたからといってどうなるものでもないし、ただただ黙って尚人の無事としあわせを祈るしかない。父も母も、わたしもそう思っていました」

川瀬の瞳がきらりと光った。

「どう言うたらええのか。言葉になりません」

こいしは唇をかたく結んだ。

「もしもあのとき、わたしと入れ替わっていたら。そう思うとほんとうに複雑な心境で。結果的には尚人は人身御供（ひとみごくう）みたいになってしまった。父の後悔の念は計り知れないものがあったと思います」

「けど、そのときはお父さんも良かれと思うてしはったことやし。尚人さんのしあわせを願（ねご）うて決断しはったことやさかい」

「職人肌の寡黙な父でしたから、後ろ向きなことはいっさい言いませんでしたが、最期まで十字架を背負って生きていたように思います」

川瀬はローテーブルの一点を見つめたままだ。

「こういう言い方をしたらあかんのかもしれませんけど、弟さんは生きてはるかどうかも分からへんのですよね」

ペンを握ってこいしが訊いた。

「ええ。十三歳のときに連絡を絶ったので、そのあとのことはまったく分かりません。フィリピンへ渡ったことは間違いないのですが、ずっとそのままなのか、日本に戻ったのか、それすら知らずにいます。時折り噂(うわさ)が耳に入ったりもしますが、捜さないで欲しいという叔父の願いを、父もずっと聞き届けていましたし、わたしもそれにしたがいました」

「分かりました。なんとかお父ちゃんにがんばってもらうしかありません。いっつもだいたい二週間ぐらいで捜しだしてきはるんですけど、今回はもうちょっと掛かるかもしれません。辛抱強ぅ待っててください」

こいしがノートを閉じて、川瀬の目を真っすぐ見つめた。

「よろしくお願いします。死ぬまでになんとか」

腰を浮かせて、川瀬が頭を下げた。

ふたりが食堂に戻ると、流は厨房から小走りで出てきた。

「あんじょうお聞きしたんか？」

「お話は聞かせてもろたけど……」

こいしが川瀬に顔を向けた。

「難しいことをお願いして申しわけありません。無理は重々承知しておりますが、なんとか捜していただければ、心置きなくあの世へ行けると思ってますので」

川瀬が深く腰を折った。

「あの世、てそないたいそうな。せいだい気張って捜させてもらいまっさかい、待ってとぉくれやす」

和帽子を取って流が礼を返した。

「今日はこれからどないしはるんです？」

こいしが川瀬にコートをわたした。

「早咲きの桜を観(み)て、今夜は二条城近くのホテルに泊まります。せっかくの京都ですから」

川瀬は窮屈そうにコートの袖に手を通した。

流が訊いた。

「おともを呼ばんでもよろしいか」

「本願寺さんへお参りしてからタクシーを拾うつもりです」

川瀬が敷居をまたぐと、足元にトラ猫が駆け寄ってきた。

「こら、ひるね。きたない手で触ったらあかんで」

流が一喝した。

「ひるね、という名前ですか。おもしろい」

かがみこんで川瀬がひるねの頭を撫でた。

「お昼間はいっつも寝てるさかい、ひるねていう名前にしたんですよ」

こいしが川瀬の横にしゃがんだ。

「大蔵村の実家では三匹の猫を飼っていましてね。尚人が文字どおり猫可愛がりしていました。尚人は絵が得意でして、ちゃんと三匹を描き分けるんですよ。県の絵画展で特選をもらったこともありました」

鼻を高くして、川瀬が立ちあがった。

「お気を付けて」

正面通を西に向かって歩きだした川瀬に、流が声を掛けた。

「今回はメッチャ大変やで」

川瀬の背中を見送って、こいしが流の肩をはたいた。

「痛いなぁ。今回は、ていっつも大変やないか」

顔をしかめて流が店に戻った。

「そうかて、ほんまにヒントがないんやもん」

「ものはなんや？」

「すき焼き」

「それやったら、そない難しいないがな」

「うちも最初はそう思うたんやけどな」

こいしがテーブルにノートを広げて座り込んだ。

2

やはり無理だったか。二週間をとうに過ぎ、三週間近くが経（た）って、あきらめかけていたところに連絡があった。

はやる気持ちを抑えきれず、川瀬が京都へ向かったのはその翌日だった。

一刻も早くとの気持ちは、伊丹空港へ着いた川瀬をタクシー乗り場へ向かわせた。リムジンバスとの時間差はさほどでもないのだろうが、タクシーに乗り込んだ川瀬は窓から外を眺め、心を弾ませている。

春の三週間は季節の進みが早い。仙台でも桜の便りが届きはじめ、京都辺りではすでに満開を過ぎていると聞いた。

車窓から眺める遠山にも桜色が散らばっている。

ダウンコートを置いてきてよかった。そう思いながら、川瀬は『鴨川食堂』の前でタクシーを降りた。

「こんにちは。川瀬です」

昼をとうに過ぎて、がらんとした店のなかに川瀬の声がこだまする。

「おこしやす、ようこそ」

高い声でこいしが出迎え、そのうしろに流が続いた。

「えらい長いことお待たせしてすんまへんでしたな」

「いえいえ。ご連絡いただいただけでありがたいです。あきらめかけていましたから」

川瀬は素直な気持ちを伝えた。

「ご心配掛けました。念には念を入れんと、と思うて、たしかめとった分、時間が掛かってしまいよって。十中八九これやと思うすき焼きを見つけましたんで、食べてみてください」

茶色い和帽子をかぶり直して、流が下がっていった。

「面倒なことをお願いして申しわけありませんでした。京都は暑いぐらいですな」

ショルダーバッグを肩からはずし、グレーのジャケットを脱いで、川瀬が白いシャツの袖をまくった。

「この二、三日、急に暖こうなって、ほんまに暑いぐらいです」

白い半袖シャツに、黒いソムリエエプロンを着けたこいしが、ジャケットにハンガーを通した。

「あのすき焼きがまた食べられるのかと思うと、気持ちが高ぶってしまって、昨夜は眠れませんでした」

「合うてたらええんですけどね」

こいしが益子焼の土瓶から絵唐津の湯呑にほうじ茶を注いだ。

「日に日に記憶力が鈍っていきますから、どんなすき焼きを食べても、合ってると思うような気がします」

湯呑を手にして川瀬が苦笑いした。

「材料はうちらが食べてるすき焼きと、あんまり変わらへんのですけど、やり方が違うんです。試食を兼ねて練習しましたさかい、まかせてください」

こいしが胸に手を当てた。

「愉しみにしております」

川瀬が茶をすすった。

「目の前で作らんと意味がおへんさかいに」

流はカセットコンロをテーブルにセットし、鉄鍋を掛けた。

「鍋をよう熱せんとあかんので、ちょっと時間をくださいね」

火を点けると、こいしは早足で奥へと向かった。

「すき焼きっちゅうのは不思議なもんで、ようけ作ったほうが旨いんですわ。材料は三人分ぐらいでっけど、気にせんと残しとぉくれやっしゃ」

すき焼きの材料を載せた染付の大皿を抱えてきて、流がコンロの横に置いた。

「そうそう、こんなお肉でした。野菜や豆腐もこんなだったかな」

皿を見まわして川瀬がうなずいた。

「ほな、はじめさせてもらいます。最初は牛脂をしっかり熱します」

流は菜箸で牛脂を取り、鉄鍋にまんべんなく塗りひろげた。

「いい匂いがします」

鍋に鼻を近づけて、川瀬が目を細めた。

「ええ具合に鍋の温度が上がっとるようです。ここで野菜ですわ。長ネギ、タマネギ、ゴボウ、白菜。正直なとこ、野菜は違うとるかもしれまへん。家によって違いまっさかいな。だいたいこんなもんやと思いまっけど」

野菜を炒めながら流がそう言うと、川瀬は軽くうなずいた。

「こんな感じだったような気がします」

「焼豆腐と糸こんにゃくを加えて、しばらくおきます。そこそこ火がとおったら、いよいよ肉ですわ。上から覆うようにして広げた肉を載せます」

「あ。これです。この眺めが鮮明に記憶に残っているんです」

鍋に覆いかぶさるように身を乗りだした川瀬が、大きく見開いた目を輝かせた。

「これから味付けですわ。割り下を掛けて、肉の色が変わるか変わらんか、ぐらいが食べごろです。溶きたまごをつけて召しあがってみてください」

「旨そうですなぁ」

箸を取って、川瀬がたまごを溶いた。

「もうええと思います。どうぞ」

流が奨めると、川瀬は急いで肉を取り、溶きたまごをくぐらせて口に入れた。

二度、三度、四度とそしゃくし、川瀬はうっとりと目を閉じた。

傍らで流とこいしは、じっとその様子を見つめている。

川瀬は目を閉じたまま、なにごとかつぶやいているが、ふたりが耳をそばだてても聞き取れない。

こいしは流と顔を見合わせて、左右に首をかしげた。

やがて目を開いた川瀬は、ふたたび箸を伸ばして肉を取り、溶きたまごをくぐらせて口に運んだ。

ひと口目とおなじように目を閉じ、嚙みしめながら、またなにかをつぶやいている。

やがて川瀬はさめざめと泣きはじめた。

「すまんなぁ尚人。お兄ちゃんはまたあのすき焼きをこうして食うことができた。おまえはどこで、どうしているんだ。もうこの世にはおらんのか？　なぁ尚人。わしが代わってやればよかったなぁ。そうすれば、そうすれば……」

嗚咽（おえつ）をもらす川瀬は言葉を続けられずにいる。

こいしが流の肩を指でつついた。

「どないです。こんなすき焼きでしたか？」

こいしに目くばせしてから流が訊くと、川瀬は大きく首を縦に振った。

「まぎれもなく、このすき焼きです。あれから六十年以上ものあいだ、何度すき焼きを食べたか分かりませんが、このすき焼きに出会うことは一度もありませんでした。これを食べて、やっと懺悔することができました。心の底から尚人に詫びることができました。ありがとうございます。ありがとうございます」

涙を流しながら、川瀬はふたりに向かって手を合わせた。

「よろしおした」

流がうなずくと、こいしは口元をゆるめ、丸い笑顔を川瀬に向けた。

「うちもこれから、ええお肉ですき焼きするときは、このやり方にしよう思うてますねん」

「すき焼きっちゅうたら、砂糖と醤油で直に肉に味を付ける関西ふうと、割り下を使うて味付けする関東ふうの二種類やて思うてたら、こんなんもあるんですなぁ。ええこと教えてもらいましたわ」

流が続いた。

「ということは、叔父の創作ではなく、こういうすき焼きがほかにもあるんですか？」

川瀬が訊いた。

「米沢を中心とする置賜地方では、こういうすき焼きが好まれとるそうです。野菜を先に入れて、その上から肉をかぶせて蒸し焼きにする。霜降り肉でもこないしたら、あっさり食えます。先人の知恵、っちゅうやつで、叔父さんはその先駆者やったんと違いますかな」

「なるほど、そういうことだったのですか。ということは米沢まで行っていただいたのですね。詳しい話をお聞かせくださいますか」

川瀬はハンカチで目を拭っている。

「座らせてもろてもよろしいかいな」

「どうぞどうぞ」

川瀬が腰を浮かせると、流は向かいあってパイプ椅子に腰かけた。

「かつて竹山はんが住んでおられた米沢へ行かんことには、なんにもはじまりまへんさかい、とにかく現地へ行ってきました。ここが米沢城址で、この辺が門東町。おそらくここが竹山はんの屋敷があったとこやと目星をつけまして、むかしからこの辺りに住んではりそうなかたに訊ねて回りました。そしたらこの墓石屋はんのご主人が覚えてはりましてな」

こいしから受け取って、流がタブレットの画面を川瀬に向けた。

「三階建ての立派なお店ですな。まったく存じ上げませんが、このお店のかたが叔父を？」

老眼鏡を掛けた川瀬が首をかしげた。

「竹山はんとは親しいしてはったそうで、弟さんのこともご存じでした」

「尚人のことを？」

「はい。竹山はんが一家でフィリピンへ行かれてからも、手紙でやり取りしてはったんやそうです」

「そうでしたか。尚人のことを憶えていてくれたひとが居たんですか。そうですか。それだけでうれしいです」

川瀬の頬をひと筋の涙が伝った。

「ひょっとして、竹山家のすき焼きもご存じやないやろかと訊ねてみたんでっけど、それは知らん、て言うて、近所のお米屋はんを紹介してくれはったんです」

流が画面の写真を切り替えた。

「これは花屋さんじゃないんですか？」

川瀬が怪訝(けげん)そうな顔つきで訊いた。

「今は花屋はんも兼業してはりますけど、もとは代々続く米屋はんやそうで、竹山家御用達(ごようたし)やったらしいです。それですき焼きのことも知ってはって、作り方をお聞きしたんですわ」

「そうでしたか。叔父の家のことを憶えておられるかたが、ほかにもまだいらしたんですね。ほんとうにありがたいことです」

川瀬が拝むようなしぐさをした。

「半世紀以上も前のことやのに、尚人はんのこともよう憶えてはったんは、利発なお子さんやったさかいですやろな。絵がじょうずな子やったて、お米屋はんのご主人が言うてはりましたで」

流が米屋の主人の写真を画面に映すと、川瀬は食い入るように見つめた。

「ひとは居なくなっても、まわりのひとの心に残ることもあるんですね」

「レシピてなほどたいそうなもんやおへんけど、割り下の作り方を書いたメモをおわたししときます。味の決め手になるのが、この〈味の司〉っちゅう濃口醤油です。このラベルをよう見てみてください。鷹の絵が描いてますやろ。川瀬はんの記憶は正しかったんですわ」

流がメモ用紙をテーブルに置いて、醤油を見せた。

「たしかにこんな絵だった。これが印象に残っていたのですね」

川瀬が手に取った。

「すごい記憶力ですね。十二歳の子どもやのに」

横からこいしがのぞきこんだ。

「記憶がつながりました。尚人がこのラベルを見て、すぐに鷹の絵を描いたんです。みんな驚きましてね。叔父は会社をもっと大きくして、尚人の絵をラベルに使うんだと意気込んでました。そうか。それで鷹が浮かんできたのか」

納得したように、醬油を持ったまま川瀬が何度もうなずいた。

「ご飯をお持ちしまひょか」

すき焼き鍋を横目にして流が訊いた。

「いえ。もう胸がいっぱいで」

川瀬が流に手のひらを向けた。

「そしたらデザートをお持ちしますわ」

「いや、もうなにも入りません」

川瀬が胸に手を当てた。

「そない言わんと。デザートは別腹ですし」

笑みを残して、こいしが厨房に駆けこんだ。

「旨いものというのは、心の持ちようで、天使にも悪魔にも見えるものなのですね。

この歳になって分かったことですが」

川瀬は薄(うっす)らと湯気を上げるすき焼き鍋に目を遣った。

「おっしゃるとおりです。食いもんっちゅうのは、誰と、どんな思いで食うたかで、ぜんぜん味の記憶が違うてくるもんです」

「人間というのは不思議な生きものですな」

川瀬は両手で湯呑を包みこんだ。

「お待たせしました。デザートのパイナップルです」

こいしは、数切れのパイナップルが載ったえんじ色のガラス皿を川瀬の前に置いた。

「デザートも再現してくださったんですね。そうそう、こんな感じだったなぁ。お皿もよく似ている」

川瀬が相好を崩した。

「石垣島から直送してもろたんです。切り立てやさかい、みずみずしいて旨い思いまっせ」

流が言葉を添えると、川瀬はフォークで刺して口に運んだ。

「これは旨い。日本でこんな旨いパイナップルができるんですね。初めて知りました」

「うちもびっくりしました。石垣島やから、送料はちょっと高ぅつきますけど、充分取り寄せる価値はある思います。農園のかたもていねいに応対してくれはったし、よかったらまた取り寄せてみてください」

　こいしがパイナップル農園のリーフレットをメモ用紙の上に重ねた。

「なにからなにまでありがとうございます。このパインは尚人にも食べさせてやりたかったです。どんなに喜んだことか」

　しげしげとパイナップルを見つめる川瀬の目尻から涙があふれ出た。

　こいしが目くばせしたが、流は首を横に振った。

「よろしおした」

「これで思い残すことなく、と言いたいところですが、ますます思いがつのってしまいました」

　パイナップルを食べ終えて、川瀬が小さくため息をついた。

「思い残すことがない、てな人間はめったにいまへん。思いをつのらせてこそ、縁がつながります。川瀬はんが、あの雑誌の一行広告からうちへ辿り着かはったように」

　流が川瀬の目をまっすぐに見つめた。

「お言葉を胸に刻んでおきます。前回の食事代とあわせて探偵料はいかほど？」

ショルダーバッグのジッパーを開けて川瀬が訊いた。

「うちは特に料金を決めてしません。お気持ちに見合うた金額をこちらにお振込みください」

こいしがメモ用紙をリーフレットの上に置いた。

「承知しました。仙台に戻りましたらすぐに」

川瀬は二枚のメモ用紙とリーフレットを重ねて、ショルダーバッグのポケットにしまった。

ジャケットを羽織り、ショルダーバッグを肩から掛けた川瀬は、ゆっくりと引き戸を引いて、敷居をまたいだ。

「今日はこれからどうしはるんですか」

送りに出てこいしが訊いた。

「今日明日と京都に滞在する予定です。この世の見納めにお寺参りでもしようかと」

川瀬が春空を見上げた。

「見納めやなんて、なにを言うてはります。まだまだ行かんならんとこは、ようけありまっせ。まずは石垣島なんかどうです？ 旨いパイナップルが山ほど食えまっせ」

「なるほど。それはいいかもしれませんね。雪国育ちなので、南国にはずっと憧れているんですよ」

「わしもこいしと一緒に行こうと思うて、農園のひとに聞いてみたら、すぐ近くに海の見える小さいホテルがあるさかい、いつでも紹介するて言うてはりました」

「そいつはいいですな。さっきいただいたパンフレットの農園に連絡してみます」

川瀬がショルダーバッグをのぞくと、流と顔を見合わせて、こいしがにっこりと笑った。

「ええとこみたいですよ」

「今日こちらに伺うまで、沖縄なんてこれぽっちも頭になかったのですが、さっきのパイナップルをいただいて、急に行ってみたくなりました。これも縁というものですかな」

川瀬が晴れやかな顔をふたりに向けた。

「食いもんっちゅうのは縁を紡いでくれるもんなんですわ」

流の言葉にうなずいて、川瀬がふたりに一礼した。

「それにしても、人生っちゅうのは不思議なもんです。なかなか一本道をまっすぐ進めるもんやない。斜めに行ったり、うしろへ戻ったり、立ち止まったり、曲がったり。最初に目指しとったとことは違うても、みな、どっかに行き着いて、しあわせっちゅうもんを見つけだす。人生には寄り道がつきもんですな」

こいしがうなずくと、川瀬は正面通を西に向かって歩きだした。

「ご安全に」

流が背中に声を掛けると、川瀬は振り向いて斜めに頭を下げた。

「気付かはるやろか。心配やなぁ。言うたげたらええのに。このパインのイラストは弟さんが描かはったもんで、『バンブーパイン農園』は叔父さん一家でやってはるとこや、て」

川瀬の背中を見送りながら、こいしが流に言葉を掛けた。

「余計なことは言わんでも、絶対に気付かはる。なんちゅうても双子なんやさかい」

引き戸を引いて、流が店に戻った。

「そうやろか。川瀬さんは弟さんはもうこの世に居いひんもんと思うてはるんやで」

こいしはあわててあとを追った。

「いっつも言うてるやろ。縁があったらひとはかならず出会うもんなんや。こいしがこのパイナップルを、いつもの果物屋はんで偶然見つけたんかて奇跡みたいな出会いやないか。ラベルのイラストと、『バンブーパイン農園』っちゅう名前を見て、ひょっとしたら、てなこと誰も思わんで。わしやったら見過ごしとるわ。川瀬はんの話を直接聞いとったこいしやさかい、クモの糸みたいな細いもんが縁として結びついた。そういうこっちゃろ」

リーフレットを手にした流が仏壇へ向かう。

「そらまぁ、そうなんやけど」

こいしが渋々といった顔で流に続いた。

「川瀬はん本人も気づいてはらへんやろけど、このパインを見つけてくれ、て弟はんが導かはったんや。すき焼きは付けたしやったんやないか。わしはそう思うとる。なぁ掬子。そやろ？」

線香をあげて流が写真に問いかけた。

「まさか弟さんに会えるなんて思うてはらへんやろから、川瀬さんはどんだけ喜ばはるやろ」

こいしが続いた。

「こいしがええ仕事しよった。ほめてやってや掬子」

流が手を合わせると、こいしは背筋を伸ばして目を閉じた。

《初出》

第一話　焼鳥	「STORY BOX」2021年8月号
第二話　駅弁	「STORY BOX」2021年9月号
第三話　イタリアン	「STORY BOX」2021年10月号
第四話　巻き寿司	書き下ろし
第五話　フィッシュアンドチップス	書き下ろし
第六話　すき焼き	書き下ろし

小学館文庫
好評既刊

海近旅館

柏井壽

ISBN978-4-09-406812-2

亡き母の跡を継ぎ、東京での仕事を辞め静岡県伊東市にある「海近旅館」の女将となった海野美咲は、ため息ばかりついていた。美咲の旅館は〝部屋から海が見える〟ことだけが取り柄で、他のサービスは全ていまひとつ。お客の入りも悪く、ともに宿を切り盛りする父も兄も、全く頼りにならなかった。名女将だった母のおかげで経営が成り立っていたことを改めて思い知り、一人頭を抱える美咲。あるとき、不思議な二人組の男性客が泊まりに来る。さらに、その二人が「海近旅館」を買収するための下見に来ているのではないかと噂が広がり……。

京都スタアホテル

柏井 壽

ISBN978-4-09-406855-9

創業・明治三十年。老舗ホテル「京都スタアホテル」の自慢は、フレンチから鮨まで、全部で十二もある多彩なレストランの数々。そんなホテルでレストランバーの支配人を務める北大路直哉は、頼れるチーフマネージャーの白川雪と、店を切り盛りする一流シェフや板前たちとともに、今宵も様々な迷いを抱えるお客様たちを出迎える——。仕事に暮らしと、すれ違う夫婦が割烹で頼んだ「和の牛カツレツ」。結婚披露宴前夜、二人で過ごす母と娘が亡き父に贈る思い出の「エビドリア」……おいしい「食」で、心が再び輝き出す。

――本書のプロフィール――

本書は、小学館文庫のためのオリジナル作品です。

小学館文庫

鴨川食堂しあわせ

著者　柏井壽

二〇二二年五月十一日　初版第一刷発行
二〇二三年六月二十二日　第二刷発行

発行人　石川和男
発行所　株式会社　小学館
〒一〇一-八〇〇一
東京都千代田区一ツ橋二-三-一
電話　編集〇三-三二三〇-五九五九
販売〇三-五二八一-三五五五
印刷所——図書印刷株式会社

この文庫の詳しい内容はインターネットで24時間ご覧になれます。
小学館公式ホームページ　https://www.shogakukan.co.jp

ISBN978-4-09-407134-4